"十三五"国家重点图书出版规划项目

西班牙语文学译丛
尹承东 主编

君走我不留
No Te Retengo

〔西班牙〕科林·特莉亚多 著
尹承东 译

中央编译出版社
Central Compilation & Translation Press

图书在版编目(CIP)数据

君走我不留 /（西）特莉亚多著；尹承东译. —北京：中央编译出版社，2019.5
ISBN 978-7-5117-3506-5

Ⅰ. ①君… Ⅱ. ①特… ②尹… Ⅲ. ①长篇小说－西班牙－现代 Ⅳ. ①I551.45

中国版本图书馆 CIP 数据核字 (2019) 第 056284 号

No Te Retengo by Corin Tellado
Copyright©Corin Tellado
Simplified Chinese translation copyright©2019
by Central Compilation and Translation Press
All rights reserved.

君走我不留

出 版 人：	葛海彦
出版统筹：	贾宇琰
责任编辑：	苗永姝
责任印制：	刘 慧
出版发行：	中央编译出版社
地 址：	北京西城区车公庄大街乙 5 号鸿儒大厦 B 座 (100044)
电 话：	(010) 52612345（总编室） (010) 52612335（编辑室） (010) 52612316（发行部） (010) 52612346（馆配部）
传 真：	(010) 66515838
经 销：	全国新华书店
印 刷：	河北下花园光华印刷有限责任公司
开 本：	880 毫米 × 1230 毫米 1/32
字 数：	161 千字
印 张：	8.75
版 次：	2019 年 5 月第 1 版
印 次：	2019 年 5 月第 1 次印刷
定 价：	38.00 元

网 址：	www.cctphome.com	邮 箱：	cctp@cctphome.com
新浪微博：	@ 中央编译出版社	微 信：	中央编译出版社（ID：cctphome）
淘宝店铺：	中央编译出版社直销店 (http://shop108367160.taobao.com) (010) 55626885		

本社常年法律顾问：北京市吴栾赵阎律师事务所律师 闫军 梁勤
凡有印装质量问题，本社负责调换，电话：(010) 55626985

代序言
马里奥·巴尔加斯·略萨谈科林·特莉亚多

西班牙阿斯图里亚斯地区素以其高山、煤矿、铁矿、腊肠和葡萄酒而著称于世界。但是,也许它的主要出口产品还是一位女作家的感伤小说。这位女作家就是科林·特莉亚多。

她住在希洪市郊外一个叫罗塞斯的地方;年方五十出头,仪表十分庄重。她的住宅极为舒适而宽敞,有游泳池、网球场、小树林和一个美丽的花园。这幢房子对她或许稍显大了点儿,因为除她之外,家中只有她的两个孩子和一位一直陪着她的夫人,这位夫人什么都干一点儿,从家务劳动到女秘书工作。

科林·特莉亚多身材矮小,和蔼可亲,一双聪慧的眼睛,说话无拘无束。看得出她为人正直,一举一动都颇有气派。她的生活大概是她的小说中某个女主人公的经历,那些女主人公不知使多少人伤心落泪,感慨不已。科林·特莉亚多生在一个海员家庭,自幼几乎一直住在海边,即阿斯图里亚斯和加里西亚之间一个狭小的地区。她很少外出旅行，旅行也几乎都是在国内。所以从各种意义上讲，她过的都不是贵妇的生活，而她为此却甚感骄傲。她年纪轻轻便结了婚，生有一子一女；然而，她的夫妻关系仅仅维持了四年。是她要求分居的，尔后她没有再结婚，而且永远也不会再结婚，因为尽管她无法同丈夫一块相处，然而却继续爱着他。此外，她相信天主教婚配的不可分离性。

她编织了那么多爱情故事，写得又是如此轻松，以至于她没有任何必要再重新恋爱。她的写作生涯恰巧开始于三十五年前，发表的处女作是一部反映海军学校学生生活的故事，题目为《有伤风化的打赌》。当时她只有十七岁，想象力丰富，尽管她为当时周围流行的女孩子的假正经所束缚。这部小说的主题是凭空想象的：一个年轻的军校学生打赌说他可以吻到一个姑娘。由于舞会中间停电，他达到了目的，赢了这场打赌。这一著作出版之后，随着社会道德标准的放宽和爱情习俗变得放荡不羁，她的小说也写得更加大胆和遭人非议，甚至有时接近于色情。

她写了许多作品。如果我们以出书计算的话，大约近三千本。如果我们再加上她发表在杂志上的短篇小说、广播剧、连环画、电视小说和目前正在迈阿密录制的磁带小说，数字大概还要再加上几千。对于有人以为科林·特莉亚多并非实有其人而是一家出版社以锐利的商业目光雇用的一大批躲起来写文章的文人的假名这一说法，科林·特莉亚多一笑置之。不对，那些小说从第一本到最后一本都是她一个人写的，写作对她来说是世界上最容易的事，差不多跟呼吸和吃饭一样。写作也是她最喜欢的事情，她把所有的时间都用于写作。

陪伴她的女人每天清晨五点钟把她叫醒，她起床后便走进一个没有窗户的地下室，那里有她的工作间。她飞笔疾书，一口气在打字机前工作十个小时，其间只是八点钟稍稍停一会儿用早餐。她的工作恰如一块瑞士手表，既不提前，也不推后。从地下室里走出来时，手中便有了五十页写好的手稿，就是说，一本小说的一半，她每本小说从不超过一百页（此处巴尔加斯·略萨的材料不准确，科林·特莉亚多的作品超出一百页的很不少，如：《我这样做是为了爱你》（一百二十页）、《混乱的现实》（一百二十八页）——译者）。她毫不含糊地说，作为作家，她的问题是脑袋转得比打字机快得多。如果不是由于手的动作慢的话，她写出的作品会比今天多得多。

她的习惯是简单而有规律的。走出工作间之后，睡一个午觉，读四份报纸——两份地方报纸、一份《阿贝赛》、一份《国家报》，有时再读一本书。冬日的下午，她偶尔外出拜访女友或去看场电影，有主教逝世时，她便去希洪市吃晚饭。不过，十点钟她准时回到家，准备上床就寝。夏天她从不出门，她的娱乐是游戏和打网球。

那些袖珍本小说她两天完成一本，她的西班牙出版商告诉她，每本印数为三千册，但是她认为那是撒谎（我也这么看）。相反，她非常感激墨西哥《巴尼达德斯》杂志社和她美国迈阿密的出版商。据她说，他们一向跟她账算得清清楚楚，而且从不拖欠稿酬。特别是由于这些人，她才得以买下这幢房子和希洪市一层楼房，在故乡还有一个小别墅。不过，她还远远称不上是一个富翁，因为她办了一件荒唐事，把积蓄拿去入股做生意，结果闹了个鸡飞蛋打。

她的思想就像她的故事那样清晰透明。她是天主教徒，然而没有偏见，既不左，也不右，而是一切围着她的家转。她对政治不感兴趣，因为在她看来，一切靠政治的人都是权利熏心的。对于姑娘们未到结婚就失去处女膜她持以无可奈何的态度。

钱对她来说不是最重要的，但在这个世界上确实没有钱寸步难行。对有钱的人，人们称他为先生；对没钱的人，人们则对他一切以钱为准则。

她对自己所写的东西并不抱过分的幻想；简单说来就是一句话：由于并不是所有的人全懂莎士比亚和歌德，有许多人想读点简单、明快、现实主义的爱情故事，她写的就是这类作品，她从生活中吸取主题，就是说，在生活中到处寻觅。落到她手中的一切奇闻轶事、经历、流言蜚语和无稽之谈，都会被她不费吹灰之力地变成小说。她的文学作品可以归结为被幻想力美化了的现实。

她没有读过卡布雷拉·因方特写的有关她的文章，然而却开始读安德列斯·阿莫洛斯的论文《艳情小说社会学》，但是她还没有读完。此外，如果安德列斯书中所有的例子都是取材于科林·特莉亚多的作品而没有其他任何人的话，那么，这位先生讲的又是什么样的"言情小说"呢？

她乐意承认自己是最受欢迎的西班牙语作家，但是，她对说她对人们的行为产生巨大的影响，说成千上万也许数百万人的感情、思想、痛苦和爱情都跟她小说中的人物一样坚决不同意，并为自己辩护。这不是事实，这样说不对。是人们影响了我，科林·特莉亚多只不过是把人们周围发生的事情在文学上变变花样罢了。她对这件事是如此地看重，仿佛说她影响了读者就等于让她对人世的无数苦难的肮脏事情负责似的。

二十年前，一个秘鲁小姑娘提着整整一箱子科林·特莉亚多的小说来到巴黎，为的是在索尔博纳度过的一年里都有浪漫主义小说读。自从我看到这个小姑娘起，科林·特莉亚多这个人物就使我着迷。而自从我在伦敦发现一家书店专卖科林·特莉亚多的小说后（卖给伦敦城的西班牙女仆和侍者），我就几个小时几个小时、几天几天地听她的小说，读她的小说，直至受了感染，像她和巴尔扎克一样两天写一本小说。但是，时间快到十点了，我不得不告辞，以便让她明晨能五点钟准时起床去杜撰她的爱情小说。[1]

---

[1] 译自1982年9月2日阿根廷布宜诺斯艾利斯《号角报》。

写在巴尔加斯·略萨之后

亲爱的读者们：

在读过前面"马里奥·巴尔加斯·略萨谈科林·特莉亚多"之后，我想你们应该对这位奇特的西班牙女作家有相当的认识了。据我所知，略萨除了跟他所崇拜的世界著名作家、密友、哥伦比亚1982年诺贝尔文学奖获得者加西亚·马尔克斯就小说创作有过长篇的交谈之外，像这样以如此亲切朴实的口味来介绍评价一位作家实属罕见，这本身就显示了科林·特莉亚多在世界文坛上的地位。当然，高度欣赏和评价科林·特莉亚多的著名作家很多，甚至西班牙女作家布兰卡·阿尔瓦雷斯在20世纪90年代还专门花费大量心血为她作传。但是，除了巴尔加斯·略萨之外，还有一位最重量级的拉美作家同样也给了她极高的赞誉，此人乃创作了被称为"爱情大全"的《霍乱时期的爱情》的加西亚·马尔克斯是也（文坛谁人不识君？）。他说："论到写爱情小说，我和科林·特莉亚多还不好说谁更胜一筹呢！"

　　抛去这些大家们的评论姑且不论，作为科林·特莉亚多的读者和译者，就我本人而言，每当阅读她的作品时，都会情不自禁地发出一种感慨，或者说是一种赞叹：一位奇女子，一位了不起的女人。想想看，一个人一生在四十年间创作出三千多部作品，而且每部作品出版之后都配有磁带版，并以连环画、电视剧、广播剧等诸多文艺形式奉献给读者。传播之广，可说绝无仅有。特莉亚多是一位天才作家，还在少年时就发表了处女作《有伤风化的打赌》引起文学界的关注，之后便笔耕不辍一发不可收拾。她专写爱情小说，这大概与她的爱情遭遇有关。她年纪轻轻就结了婚，但婚姻并不完美，仅仅维持了四个年头就破裂了。此后她立志不再结婚，而去和爱情小说深深结缘。"每天早晨五点钟她被女仆叫醒，起床后便走进一个没有窗户的地下室，那儿有她的工作室。她飞笔疾书，一口气在打字机前工作十个小时，其间只在八点钟停一小会儿用早餐。她的工作恰如一块瑞士手表，既不提前，也不拖后。从地下室走出来时，手中便有了写好的五十页手稿，就是说，一本小说的一半。"按照科林·特莉亚多自己的说法，她的脑袋比打字机运转得还快。两天一本新作写就，不正好验证了她这句话吗！

　　科林·特莉亚多创作的爱情小说，主题基本上都是健康的，用一句朴素的话说，就是"启示人尤其是青少年正确的对待爱情"，"学好"而不是"学坏"，写情爱，都是点到为止，极少有那种赤裸裸的镜头。就是说，对社会有益无害。而从艺术的角度欣赏，首先感到的是她的文字之美：简洁、流畅、生动、活泼。读来如听涓涓溪水，如闻林间清风，既有露天饮茶之惬意，亦有月下散步之悠闲。

当年我在哥伦比亚安第斯大学留学时，住处离学校有四十五分钟的公共汽车车程。每天上学前随便在清晨摆出的书报摊上买一本科林·特莉亚多的小书（在拉美国家，除了书店销售科林·特莉亚多的作品外，几乎每个书报摊上都有售，甚至在英国伦敦还设有科林·特莉亚多小说专卖店），上车后即开始阅读，返来时亦然，两天一本，等同于特莉亚多的创作速度，也不愧为一种享受。在这个国家，像我这样或作为学习、或作为消遣来阅读科林·特莉亚多作品的人，可说处处可见，包括在公园里坐在长凳上休息的老人。这位作家的著作之受欢迎可见一斑。

我们这个集子所选的两篇作品《忠诚的妻子》和《君走我不留》，写了两个心地善良、对爱情忠贞不渝的女子怎样以自己的行为品德感化了不珍惜真爱而有"出轨"行为的丈夫和恋人、使其"浪子回头"、双双重获幸福的故事，故事情节生动感人，对读者有所教益。感谢中央编译出版社出版这本科林·特莉亚多作品的拙译，相信它会受到读者的欢迎。

尹承东

目 录
Contents

忠诚的妻子　001

一　003

二　013

三　023

四　033

五　043

六　053

七　064

八　074

九　084

十　094

十一　105

十二　114

十三　122

十四　132

君走我不留　141

一　143

二　153

三　163

四　174

五　184

六　190

七　197

八　201

九　204

十　213

十一　223

十二　232

十三　243

十四　253

忠诚的妻子

一

彼得·汤普森已经六十岁了,但看上去却是非常健康而充满活力。他同儿子共同经营一家造船厂,那家造船厂是他从父母那儿继承来的,而父母则是从他的祖父母那儿继承来的;或许那家造船厂昔日已有许多代都属于汤普森家族了。

眼下,虽然彼得依旧是这家公司的董事长,然而这家企业的真正动力是他唯一的儿子贾森。不过,不管怎么说,彼得隔三差五地还是到造船厂的办公室走走,虽说他也时不时地乘坐他的游艇漫游大海,有时两三个星期,甚至一两个月不归来。

贾森是一个有许多缺点的人,那是自己的儿子,彼得能不了解他吗!

但是贾森是一个很能干的人,领导企业的才能可说完美无缺。的确,从他很年轻的时候开始,彼得就对这个儿子进行了训练。尽管贾森学的是航海工程师,但他还是不断跑到造船厂去,所以逐渐掌握了造船厂的整体业务。

另外，人们都喜欢他。

他是一个受人尊敬的慷慨大方的老板，跟职工们相处得十分融洽，处处关心他们的困难。

他没有丝毫高傲的习气，可以跟一个普通工人交谈上两小时，也可以跟一个会计一起到企业大食堂去用餐。

彼得·汤普森先生觉得儿子这一切都很好，因为他也是这样的人，从来没找过任何人的麻烦，因此得到了所有人的爱戴。儿子跟他走的是同样的道路，当然，并非一切都跟工作联系在一起。

因此，那天上午他决定到董事会办公室看看，贾森在那儿工作。

他把游艇停泊在伦敦码头上就去了他的老家。先是冲了个淋浴，然后就从车库里把车开出来，自己驾着直奔船厂而去。

许久以来他一直想跟儿子谈谈某个问题。他原来打算在海上游玩一个月，但是过了一个星期他就回来了，只因为那件事他已考虑了很久。

他是一位天主教徒，只结过一次婚，而且非常不幸，五十岁刚出头就成了鳏夫。此后他从未想过再婚。

当然，跟女人的事他是有的，但是他做得很谨慎，总是设法不造成绯闻，弄到出丑的地步。再说，他是鳏夫，除了他自己心中明白之外,别人谁也发现不了他的行动。更奇妙的是,对于这种事,他心中处之泰然,这恰恰是因为他知道,断断续续地有些风流韵事,不会伤害任何人。

但是贾森的情况就大不相同了。

贾森有妻子,有孩子,他知道虽然他也把事情做得很谨慎,但说不定玛吉什么时候还是会发现,那时她可能大闹一场,甚至提出离婚,这可是他非常不愿看到的。

正因为这一点,他没有把车停在正面场地上,而是停在了船厂围墙的后面。那是船厂的边门,距船坞不远,从那儿他直接走向了工人们用的载货电梯,为的是不让儿子看见。

那正是所有人都忙着干活的时候,所以他不需要过分地躲躲闪闪。他知道办公室在那儿,知道怎样走进董事会的办公室而不被发现。所以他就这样做了。

他没有敲门。

如果敲门的话,进去时他肯定看到的是贾森舒舒服服地坐在他的大转椅上,正在给他的值班女秘书交代工作。但是,他这样冷不防地进去,也许对他的儿子来说事情就不那么简单了。

事情果然不出他之所料。

贾森根本没有注意到他的出现,因为他正在热烈地吻他的女秘书。

那是一位既漂亮又年轻的姑娘,她肯定十分熟悉她的业务,明白自己的使命，否则贾森就不会把她留在办公室里了。不过，有的女人也特别清楚如何取悦一个像他这样严峻的人物。

她在讨好他，而更糟糕的是，也许贾森也正在利用他在公司的特权地位达到自己的目的。

彼得咳嗽了一声。听到父亲的动静，贾森马上放开他的猎物。女秘书一脸窘相，摇了摇头发，又用手梳理了一下，然后便竖起她手中拿着的笔记本，笔直地站在了那儿，仿佛从来没有做过什么错事。

彼得用冷峻而严厉的目光看着她。她一边往后退，一边支支吾吾地说：

"如果汤普森先生没什么吩咐的话……"

"有事他会叫您的。"彼得·汤普森先生打断了她的话。

面对这一场面，贾森一直以无辜的表情站在那儿看着他的父亲，好像父亲看到的那一切没有什么好大惊小怪的。

女秘书急急忙忙地离开了。彼得找了个软扶手椅坐下来。与此同时，贾森也坐到了他的大转椅上，他拉了拉衬衫袖口，大大方方地把手放在了桌面上。

☉　☉　☉

马克斯·基尔正在操作着几个试管工作。

他穿着白大褂，不时地注意着妻子对他讲的话，但是他对那些话并没有过分地放在心上。

他了解卡里，她对什么事都会添枝加叶，过分夸张。也许她说的那些事是出于她的猜测，而实际上并不真正了解。即便她真的了解那些事，谁又去让她去多管别人的事了？

他知道卡里管的事也不能算是别人的事，也知道卡里爱她的妹妹玛吉。但是他想，不管怎么说，还是少管别人的事好。

可以听到附近部门的讲话声。此时他和他的妻子单独在他们的私人实验室里。那儿有很多事情要做。他们夫妇都是化学家、生物学硕士，实验室里的工作足够他们忙活了。再说，他们是实验室的老板，实验室里有很多工作人员，但一切都要他们二人指挥。

"马克斯，你没听我在说什么吗？"卡里有些不耐烦了。

他当然在听她讲话。

他没有仔细听，但是他知道她在说什么。

因此，他举起试管，贪婪地看着试管中的东西渐渐变色，同时嘟嘟囔囔地说道：

"你甭管这件事啦，卡里，这跟你没有任何关系。"

"怎么说没有任何关系？玛吉是我妹妹。"

"你的妹妹跟她的孩子们生活得很幸福，她才不管你说的那些事哩！"

"那是因为她不知道。"

马克斯停止了观察试管，决定把它放到玻璃柜台上往里加点酸。

"这样我肯定就能得出结论了。"

卡里又往他近前走了走,跟他靠得更近些。

她是个非常漂亮的女人,正值二十八岁芳龄,但是她很有职业风度,身穿白大褂,周围摆满了试管,谁也想不到她是在做一件个人的事情,或者说得更确切些,是做一件家庭的事情。

"可是,不管你怎么想,也不管你怎么说,马克斯,反正我要把事情告诉妈妈。"

马克斯的目光完全从试管上移开来。

也许他加进试管里的酸已经停止了反应,也许还没有,但是他现在只去注视他的妻子。

"你是不是管别人的事管得太多了点?"

"这么件事跟我妹妹有关,又严重到这种地步,怎么能对我说是别人的事呢?"

"听我说,卡里,请你好好听我说几句。我们都爱玛吉。我们两个人好像不会有孩子,所以理所当然地非常喜欢我们的小外甥们。你已经看到了,好像我是站到一个外人的立场上讲话,但实际上我是像爱自己的家人一样爱你们。玛吉是一个很好的女人,你爱她是完全对的,但是你不应该介入一种看起来是很幸福的生活。"

"当然了,"卡里生气了,"表面看起来是一种幸福的生活,那是因为玛吉不知道她丈夫是怎样的人。"

"你说什么,卡里?如果结婚六年她不了解她的丈夫,那么别人谁也不会了解。"

"玛吉结婚时只有十七岁,"卡里恼火地坚持道,"她只认识他这么一个男人。为了跟贾森结婚,她连大学都没有上。"

"这能说明什么呢?"

"说明她很天真。"

玛吉可能很天真。

对此他并不怀疑。但是玛吉天真是一回事,卡里喋喋不休地讲人家的事、破坏人家的天真是另一回事。如果麻木地把一些丑事认为是一些美好的事不是更好吗?

"你看,卡里,我不认为你母亲会理睬你。她是一个非常聪明的人,靠担任文学杂志社长的职务过日子,她决不喜欢你用这些传言来搅乱她的生活。"

"这不是传言,马克斯。"

"我同意。就说这些事全是真的,那么你把她丈夫有情人这件事告诉玛吉又能达到什么目的呢?"

"我的目的是要么贾森跟那个情人一刀两断,要么玛吉跟他离婚。"

"你不要忘了,一方面,汤普森家族是信天主教的,另一方面,你妹妹也是天主教徒,此外,他们有两个孩子,这样的生活是不能破坏的。还有呢,我不认为这是贾森第一次有情人。"

"这一次的事情是最严重的,马克斯。贾森过去有过女友,但现在是有一个固定的情人,有许多轮换的女人和跟一个固定的女人是很不一样的。"

马克斯决定看看加在试管的酸是否发挥了效应。

他摇了摇试管,看到效应才发挥到一半。

"这样不行。"他嘟哝道。

"马克斯,现在我不是在跟你谈我们的发明,问题很严重,今天晚上我要去找妈妈,把事情告诉她,我们两人来决定事情怎么办。"

"你们会把玛吉平静的家庭搅乱。"

"我不相信玛吉会容忍她的丈夫对她不忠。"

"你爱怎么做就怎么做吧,"马克斯很不高兴地说。"不过你不要跟我讲去看你妈妈出这种主意的事。我要提醒你,"他用试管和手里的其他东西指着卡里说,"你这样做对你母亲和玛吉都不会有好处。你妈妈是杂志社的社长,身上一大堆工作和责任;你妹妹照管家务,看护着两个孩子,盼望丈夫回来。"

"她的丈夫去多佛尔,乘渡船去法国,在加来跟他的临时女友约会,或者去敦刻尔克,要么就去比利时,在奥斯坦德美美地过一个周末。"

"我真不明白是谁把事情跟你讲得这样清清楚楚。"

"是我们的律师,他也在造船厂工作。"

马克斯厌烦地看了她一眼。

"你敢肯定罗伯特掺和进了这些女人们婆婆妈妈的事和别人家中的那些传言?"

卡里几乎脸都涨红了。

她摇了摇头,不高兴地说:

"是他妻子索菲娅告诉我的,这不都一样吗!"

"喊!女人就是爱干这事!我不一直在说吗,你们就是爱管闲事。"

"马克斯,我是你的妻子,玛吉是我妹妹,索菲娅是我的莫逆之交,一辈子都分不开的朋友。"

"可我不明白的是,"马克斯发火了,"罗伯特这个白痴为什么把这些事一五一十地都告诉他的老婆。"

"这是有关贾森和玛吉的事,他不告诉他老婆才是不合逻辑的。"

"好吧,"马克斯不耐烦了,他想找另外一种酸加入试管,"你什么时候去找你妈妈干预你妹妹的私生活?"

"今天晚上就去。"

"我认为你要干一件天大的蠢事,卡里,但是,随你便好了。啊,可是跟我就别再讲这些事了,我这儿有很多活要干,可能晚上也要加班做实验。"

"跟我妈妈讲,用不着你帮我。"

"她肯定会对你说,她很累,她讨厌你讲的那些风言风语,她非常聪明,会让你不要去管妹妹的事情,让人家平平静静地过人家自己的快活日子。"

"妹妹被骗啦,她的快活日子只是表面现象。"

"你不要去管这事,玛吉是为她的孩子和丈夫活着,我不知道为什么我觉得她放弃上大学、为家庭作出牺牲,那是做对了。"

"你大概也喜欢我跟她一样吧。"

马克斯耸了耸肩膀。

"卡里,我们最好别再提这件事了,我不会介入的。"

二

随着女秘书的消失,门关上了。贾森没有正面看他的父亲,但是他偷偷地看了他一眼。

"就是说,每次女秘书都在你这儿待很长时间,是吗,贾森?"

"噢,爸爸,我不认为这点小事值得你把嗓门提得那么高,难道你从没吻过你的某个女秘书吗?"

"没有,我有你母亲,我喜欢吻她。你母亲去世后我想吻一个女人,但是我做得很谨慎,那是跟我的一个女职员。"

贾森早就知道,父亲在这方面是经常食言的人。

但是……女秘书们是上帝的女人。

她们抓住一个人,造成的影响就会是满城风雨。

有一天也许他会鼓起勇气去寻找,雇用一个又老又丑但是学识渊博的女秘书,这秘书是尽职尽责的典范。

但是，他身边的秘书总是都那么标致。

可是，那些秘书都不是他自己选的。

是厂部给他派来的。

彼得·汤普森还在等着儿子的回答，但是儿子似乎完全走了神。

"我已经告诉了你我在做什么事，贾森。"

"不，爸爸，你告诉了我你还没有在做的事。"

"用不着给你指出正在发生什么事。"

"你的想法在过去是可能的，那时的女秘书都丑陋不堪，或者是半老徐娘，或者……"

"行啦，贾森，你知道我正在海上乘游艇旅行吗？"

贾森点了点头。

"我看到你起航了，可是很奇怪，你怎么不到一个礼拜就回来了呢？"

"因为我开始想起你的事。"

"想起我的事？"

"还有玛吉的事。"

贾森有点不安了。

他父亲把事情弄混了。

玛吉是他的妻子，是他孩子的母亲，而女秘书只是逢场作戏，玩玩而已。

他从来没把这两件事联系在一起过,父亲干吗要把它们扯在一起呢?

"玛吉跟这一切有什么关系呢?"贾森愤怒了。

"啊,你看看吧,我想你大概忘了玛吉是你的妻子,是你孩子的母亲。"

"难道我对不住我的妻子吗?"

"这话得要她来说了。可是她是一个非常谨慎的人,永远不会说出这样的话来。"

贾森真的大动肝火了。

"爸爸,我爱玛吉,非常非常地爱她,这你很清楚。我爱她爱得要命。"

"但是,虽然如此,可你去法国,在加来租用成套住宅。"

"但是……"

"你认为事情没人知道吗,贾森?"

"天哪!"

一想到玛吉可能知道了,他简直要发疯了。

因此,他把身子探向桌子,死死地盯了爸爸一眼。

"你太粗野了爸爸,就是说,在来看我之前,你是去了家里把别人告诉你的蠢事全都告诉玛吉了。"

"不,不,我不会让玛吉感到那么痛苦。但是我请你把那个女秘书辞掉,叫经理部派个新秘书来。新秘书要年纪大一些,有能力,但是没有……那么长的头发,没有那么美的眼睛,没有那么苗条的身姿。"

"那只不过是消遣而已。"

"当然喽,开始的时候只是一种消遣,但后来就变成了一种习惯,最后当你明白过来的时候,你的手脚都已经被牢牢地捆绑住了。"

贾森站了起来。

此人身材魁梧,肌肉结实,一头乌黑的头发和他那碧蓝碧蓝的双目形成鲜明的对比非常有趣。此外,他的皮肤晒得黝黑,这使他更加充满阳刚之气。

"爸爸,我知道你是一个道德观念很强的人,一个虔诚的天主教徒,十分完美。我很钦佩你,但是你不要让我相信世界上所有的人都跟你一样。"

"你不要摆出你那套歪理跟我理论,贾森,我不会接受你那些东西的。我只是来提醒你,我从来就没干涉过你的事情,因为我知道那都是些鸡毛蒜皮的小事,无足轻重。因为,你看,贾森,我认为,如果一个男人只是这儿或那儿地吃点野食,采点野花,上帝是会原谅他的,甚至他自己的妻子都会原谅他,尽管不是所有的妻子都那么大度,这很自然。但是一个妻子决不会原谅的是你有一个固定的情人。"

"可是,谁告诉你我有……"

"谁告诉我有什么要紧？问题是这是确实的。我甚至知道这个女人的名字：海伦·莫尔登。这个姑娘刚刚从你这儿走出去，她是你的秘书。你们的事情时间太长了。我一直希望你送她枚戒指把她辞掉，这样做，我告诉你，我认为也是不正派的，但是如果她接受，其他的你都可以保留在你的心中。但是，事情拖得太久了，始终没有得到最后的解决。更糟糕的是，每当你去多佛尔的时候，你就乘渡轮到对岸去，在那儿你既可能去奥斯坦德，也可能去敦刻尔克……"

"爸爸……"

"你能对我说不是这样吗？"

"但是这个女孩是我的秘书，我去多佛尔是生意上的事……"

"你在加来有具体的生意吗？"

"我告诉你……"

"还是我告诉你吧：事情很丑，对你很不好，除非你想把家庭破坏掉，老婆孩子都不要了。"

贾森焦躁地把手指插进了头发中。

"就是说，爸爸，你会去把事情告诉玛吉。"

"当然了，如果你继续在办公室干这种风流事的话。"

"但是你知道我对工作可是尽职尽责的。"

"这没问题，可是你沉溺于情色。"

"爸爸……"

"你能否认吗？"

"我告诉你……"

父亲也站了起来，他已是怒火难抑，直接用手指指着儿子说：

"我不认为你的妻子应该受到这样的鄙视，受到这样的侮辱，因此你必须作出选择。"

"作出选择？"

"要么你辞掉这个姑娘……你们的时间够长了；要么我去见玛吉，把事情告诉她，以后的事你就会看到了。"贾森在地上顿了一下脚。

"难道说你怀疑我爱我的妻子？"

"说得不错，你让我对你说什么呢……当一个人爱上一个女人的时候，他就不会再想着另一个女人。"

"这跟我爱玛吉没有任何关系，绝对没有关系。"

"那你就做给我看看。"

"好吧，"他嘟嘟囔囔地说，"明天我就辞掉她。"

"这太好了。"

"但是，辞掉一个有能力的人真是太残忍了，她并没有做错别的事，只是在我要求的时候给我一个吻。"

"你把她派到经理部的另一个部门去，不再理她就是了，并不一定要把她辞退。这种事过去你跟一个女人玩腻了的时候就干过。"

⊙ ⊙ ⊙

他从没有在十点以后到家过。

他喜欢他的家,那是一个平静而安宁的家。

他的孩子一个四岁,一个六岁,他们等他跟他们一起玩耍。

玛吉温柔、高雅、非常的漂亮,在家中走来走去,指挥这,指挥那。

他也喜欢那座豪宅的装潢。

就连花园里的草木他都感到特别地迷人。

他爸爸干吗一定要干涉他那些天真无邪的风流事呢?

他认为那真的是些非常天真无邪的游戏。

这种游戏丝毫没有影响他对玛吉的爱。

他真心真意地爱着玛吉。

一种明明白白的爱。

而另一种爱只是玩玩高兴而已。

而且,他对家庭唯一没有做到的就是每月一个周末不在家。

就一个周末。

而且非常奇怪的是,每当他回来的时候,他就更爱玛吉了。

这是因为两个女人不一样,当然了,玛吉的身上汇集了全部的女人魅力。

玛吉是个迷人的女人,但是,当然了,她是他的妻子,对他最可靠，而另一个女人只是偶尔逢场作戏，找点乐趣。

他去多佛尔不带玛吉，因为她有两个孩子要照顾，而且也舍不下家务。

玛吉是一个真正的母亲，因为不管是作为妻子还是作为母亲，她都作出了自我牺牲，为家庭献身。

如果他爸爸认为他会因那些随风而去的艳遇而忘掉玛吉，那他真是发疯了。

他把车停在了车库前，他已经听到了孩子们朝门厅跑来。

他看到他们在门口朝他挥舞手臂，他朝他们跑过去，一手一个把他们抱了起来。

一男一女两个孩子用胳膊搂住他的脖子，发疯地亲吻他。

他进了家。

一个漂亮的家，那是玛吉装潢的。

实际上那个家到处都可以看到玛吉的手笔，玛吉的影子。

每一个小物件，每一道大帘幔，前厅里的每一棵攀缘植物……

每一个小装饰品……

他把孩子们放到地上，请他们允许他脱掉外套。

孩子们等他脱掉外套。

他把外套挂在衣架上，然后牵着孩子们的手走进内室。

玛吉在客厅里。

她气质高雅,一头金发,楚楚动人,即使穿上牛仔裤也依旧会是这般风姿绰约,可她只是在一家四口一起去钓鱼或上山游玩的时候方才那样打扮。

她穿一件玫瑰色衣服,脚蹬高跟鞋,一头披散的长发把她的面庞遮掩得惟妙惟肖,美丽的面庞上那双绿眼睛透露出内心的无限亲密。

他的父亲要让他为一个情人把那一切都舍弃掉吗?

噢,他真是太愚蠢了!

"你好,亲爱的。"玛吉用她和悦的声音跟他打招呼,她的声音从来不会太高。

他走到妻子身旁,仿佛是突然害怕他爸爸出现在那儿告诉玛吉点他在外面的行为。

他把孩子放开,两手抓住了妻子的肩膀,当着孩子的面,就跟她接了个长吻。

玛吉已经知道了如何跟他接吻。

玛吉跟他认识的时候只有十六岁,十七岁就嫁给了他。

他一直在爱着她。

他从没有后悔过。

但是偶尔他会出点轨。

但是偶尔出点轨和爱妻子两者又有什么相干?

玛吉跟接吻一样,本能地拥抱了他,孩子们在旁边高兴地跳起来，夫妻俩这才有点害羞地放开了。

事情每次都是这样。

当然，就当着孩子的面。

"你很累了吧？"妻子轻轻地对丈夫说。

"有一点。"他说。

"饭已经准备好了。"

"孩子们呢？"

"他们已经吃过了，现在贝蒂就让他们上床，像每次一样，他们是在等你回来。"

"如果我不回来怎么办？"

玛吉莞尔一笑。

"你不回来时，我会预先提醒他们，他们就会老老实实地上床。"

孩子们仍然在他们身边跳跃着，玛吉按了一下铃，贝蒂出现了。

"请把他们带走吧，贝蒂！"

"好的，夫人。"

迪克和迪亚娜顺从地跟着贝蒂走了，他们知道，现在必须听话。

三

对玛吉来说,最幸福的时刻是在晚间用罢晚餐之后。那时,孩子们已上床就眠,他们两人走进客厅,贾森躺在长沙发上,她坐在一端,把他的头放在自己的大腿上。

有时候,他们交谈很多;有时候,他们默默无语。

但是,不管是交谈还是默默无语,他们都清清楚楚明白对方的心声。

玛吉偶尔会看到贾森走神,似乎他是太累了,甚至上床后都不跟她做爱,但是她认为她了解贾森。

他的工作太重了。

有的周末他去多佛尔,直到下周一才回来。每每这时,他表现得对她更亲热,而她则认为他一直在想念她。

有许多次,她想跟他一起去多佛尔,但是家务和孩子使她难以脱身。

她没有受过高等教育，尽管她认识贾森时正想进大学。

但是贾森的突然出现破坏了她的一切计划。

她从没有后悔过。

她认为，掌管一个家，照顾孩子和丈夫同样是一项重要的事业。此外，她认为如果所有的女人都去上大学，都把家交给仆人照管，那么所有的家也便全都一模一样了。

而家与家不同才是合乎逻辑的。

她从来没有怀念过大学生活。

贾森和孩子使她的生活很充实。

她现在二十四岁，贾森三十二岁，年龄相差不大。但是当时她认识贾森跟他结婚的时候，她妈妈说她那么年轻就结婚简直是发疯，就更不用说卡里了。

卡里对一切都担心。

当她毫无经验地跟贾森结婚的时候，卡里担心到了极点，并且表现了出来。

但是她自己没有任何担心。

她相信贾森，相信他有足够的经验教她享受爱情生活，教她做爱和持家。

事情果然如此，她没有想错。

开头他们和公公彼得住在一起。但是后来有一天彼得说他还是喜欢过自己的独立生活，于是就搬到伦敦郊区他的别墅去了。

贾森留在伦敦的周末,他们就带着孩子到那儿去。

彼得是个非常出色的公公。

他真心喜欢这个儿媳,儿媳也非常喜欢他。

"你在想什么?"贾森抬起眼皮看着她问道。

玛吉有一双白嫩的手,指甲像珍珠母做成的,而且修剪得非常好。这双手从一开始贾森就喜欢。

这一刻,她的手一直抚摩着丈夫的脸,用一个手指在五官处划来划去。

"我在想我们当时结婚的情景。"她低声说道。

而且在做着这个温柔的爱抚动作的同时,就轻轻地张开嘴去寻找丈夫的双唇,跟他接了个长吻。

贾森抬起一只胳膊拥着妻子的头,让她的脸紧紧贴在自己的脸上。

您的香水!

好像他永远不能忘记那种香水!

当然了,一个男人有时也会闻到一种比较便宜的普通的香水,而且感觉也不错。

但是,逢场作戏时女人的香水是一回事,而跟玛吉是另一回事,而且那是在他家里。

当然了,还有他们的孩子们。窗幔遮得大厅里半明半暗,他躺在沙发上,脑袋枕着玛吉的大腿。

"行啦,别发疯啦!"她轻声说。

"那么说你记起了单独跟我在一起时流泪的事了?"

她微笑着点了点头。

"当时你真的是非常害羞,"他向她挤了一下眼睛说,"但是后来……"

"我跟你学会了。"

"你喜欢学习吗,玛吉?"

"是的,非常喜欢。"

"你还像从前一样爱我吗?"

"不。"

"不?"

"我比以前更爱你了,贾森……我们结婚七年我觉得好像刚刚过了七天。我向你保证,每过一天我就觉得在你身上会发现有更多的理由让我爱你。"

贾森一时觉得有点羞愧难言。

但是,他坐起来,揽住她的腰把她拉到自己身边。

"我们去睡觉吧,玛吉。"

她顺从地贴到他身上,双臂抱着他的腰,两个人一起走上楼梯,进了豪华的房间。那个房间不知有多少次见证了他们的亲昵。

像每次一样,贾森没有马上开灯。

但是他马上去解妻子向来穿得周周正正的衣服的扣子。

妻子有点慌乱地低语着,这样的事情她总是觉得有点害羞:"你疯了吧……"

但是她没有阻止他的动作。

毫无疑问,每一天,每一夜,贾森都会给她带来新的激动,尽管有时候她会想些事情……对,对,她会想那些事情……

⊙ ⊙ ⊙

埃伦·博伊德总是把一些事情带回家去做完。

她很少休息。

作为一家重要文学杂志的社长,她办公室的工作总是成堆。尽管她拥有一批优秀的撰稿人,但多数情况下她还是要把没有做完的工作装进公文包带回家去。

当然了,她不是每天都能按时回家。

她有一些社会活动。

朋友之间的交往和商务聚会。

跟理事会交流意见。

但是每周至少有两天,她会设法推掉一切,直接回家去。

她是一位五十岁上下的女人。

风韵犹存。

她在很年轻的时候就守寡了。她决定工作,因为死去的丈夫没有给她留下太多的钱。

后来她很幸运，在一家杂志社找到了工作，当她成为这家杂志的领导之后，她便觉得自己完全与杂志融合在一起，全身心地投入了工作。

后来她让女儿卡里跟一个同学结了婚，他们设立了一个实验室，工作得很顺利。可惜他们没有孩子，但并没有为此而闹得不愉快。而她何必天天去埋怨这件事呢！

玛吉出嫁的时候，事情就更让她痛苦了。

因为玛吉结婚的时候年纪很小，她本来是希望她学一门专业的。她是为她考虑，希望她成熟一点后再结婚，如果她愿意的话。

但是，结婚以后情况不错。

贾森是个有钱人，相貌堂堂，心地善良而忠厚。

玛吉的婚姻是成功的。

另外，她给她生了外孙和外孙女。

外孙和外孙女好极了：迪克四岁，迪亚娜六岁。

她每周去看他们一次。再多了她没时间。但是玛吉有时间，有时候，贾森不在家，周日她就带着孩子回娘家，跟妈妈一起吃饭。

玛吉是个呱呱叫的女人。

作为一个女人，她是成功的，所以她感到幸福。尽管她不是知识分子式的成功，但是在作为女人的成功上，她是杰出的。

且不说作为妻子，首先是作为母亲，她就很了不起。她深深地爱着贾森。

关于贾森，她偶尔也听到这样或那样的事，但是玛吉从来没有抱怨过他……

像贾森这样的男人，对生意十分投入，这是人所共知的。偶尔也免不了有点风流韵事，勿容怀疑，肯定会有的。

但是，这没什么要紧。

那样的风流韵事肯定他会很容易就忘得一干二净了，因为看得出，他爱他的妻子。

门铃响了，埃伦有点紧张。

她皱起了眉头。

她才不喜欢那时有人来访。

她看了看表。

是十点钟。

她是九点钟回家的。她吃了点卡洛塔准备的东西，接着就一头钻进工作室工作起来。

她听到卡洛塔的脚步声，接着临街的门打开了。

是她女儿卡里的声音。

"妈妈。"她听到女儿叫她。

"我在这儿，卡里。"

卡里走进家门，深情地去吻她。

埃伦往周围看了看。

"就你一个人来的?"

"对呀。"

"马克斯呢?"

"他留在实验室里了。我们正在追踪一种细菌,不知道我们能不能最后发现它。总之,他今天晚上是待在实验室里了。如果黎明的时候他困了,就在我们实验室的卧室里睡一会。那间卧室是我们专门为加班时用的。"

"坐吧,卡里,什么奇迹把你带到这儿来了?"

卡里露出抱歉的神色。

"好像不是有什么高兴的事,卡里,我说错了吗?"

"没有太错,妈妈,你想得不太错。"

"那就告诉我吧……"

"你社会交往很广,"卡里神秘地开口道,"你听到什么传言和闲话了吗?"

埃伦没有说话,她从靠背椅上站起来,关掉她工作台上的折叠灯,没有合上笔记本,然后走到女儿对面,坐在一张舒适的黑皮大沙发椅上。

"什么神秘事把你带到了这里,卡里?不错,由于职业关系,我社交很广,我有很多很多朋友,但是我不知道你所指的是什么。"

"贾森在你接触的社会上层很有名气。"

"玛吉不也很有名气吗?"

"玛吉的名气没那么高,她太顾家了。虽然她有时也跟丈夫外出,但是更多的是贾森单独经常光顾某些社交场所。"

"你是不是想告诉我贾森单独去光顾这些场所是不想带他的妻子。"

"当然不是。而且我不认为贾森如果想做什么出格的事会在我提到的这种社交圈子里做。"

"你把我弄得越来越糊涂了。"

"妈妈,打开窗户说亮话吧,你从没听说过贾森有什么越轨的事吗?"

妈妈勉强地露出微笑。

玛吉长得跟她很像,也是金发碧眼。相反,卡里的头发是栗色的,眼睛是蜂蜜色的。她长得很漂亮,但是玛吉比她还要漂亮得多,因为玛吉比她更富有女人气质,尽管卡里也有女人气质,但是她的工作和她的智力使她显得有点叛逆性。

"你看,卡里,我是听到了点什么,但是不多,因为正如你所知道的,这种事总是家里人最后听到。不过,你所说的贾森的那些越轨的事,所有的男人都是有的,不管是已婚者还是光棍汉,只是有些人会被发现,有些人不被发现。这一切决定于一个人的知名度。"

"贾森是个知名度很高的人。"

"没错,"埃伦同意道,"因为他有钱,有企业,有很多朋友;此外,他一直属于社会上层。"

卡里紧张地站起来,走到旁边的的桌子上放着的漆盒前找香烟。她拿了两只香烟,也拿了打火机。她把一支香烟递给母亲,一支留给自己。

"吸吧,妈妈。"

妈妈疑惑地看了她一眼。

"你好像要搞什么阴谋,卡里。"

四

说不上是什么样阴谋,但是有一点。

她爱玛吉,一直认为她结婚太早,没有任何经验。年龄上的成熟对理解丈夫是很有益的。当然,玛吉了解她的丈夫,但是也许了解得不深,认为他是一位圣人。

贾森不是一位圣人,他是一个风流男子,至今他已有过不少风流韵事,但最让她不安的是他目前的艳遇。

"卡里,我不知道你为什么给我香烟。是为了让我吸烟放松一下,还是让我安定一下你给我弄紧张了的神经?发生了什么事?"

她把事情挑明了。

卡里就是这样的人。

火暴性子。

她很容易冲动,因此马克斯经常在对她说话之前要好好考虑考虑。

但是她总是在说完之后才考虑。

"贾森有一个固定的情人。"

啊哈。

原来是这么回事。

母亲从大沙发椅上欠起了身子。

"你说什么,卡里?"

"我是从索菲娅那儿听来的。你知道索菲娅是不撒谎的。你也知道如果索菲娅知道,那是她从丈夫那儿知道的。而索菲娅的丈夫是贾森公司的职员,这个罗伯特是个糊里糊涂口无遮拦的人,如果他知道了,你想想,公司的人不都会知道一点吗?"

"你是说,贾森有一个固定的女人?"

"一个跟随他的女人。他带她去加来或比利时,住在奥斯坦德的一家豪华饭店或那儿的其他什么地方。"

"据我所知,贾森大部分时间是在伦敦的。"

"但是他去多佛尔,从那儿坐轮渡……你已经知道了。"

"卡里,"埃伦变得非常严肃,"你为什么来告诉我这件事?"

"因为应该让事情结束,不管采取什么方式。"

"你没有打算把事情告诉玛吉吧!"

"玛吉结婚时太年轻了,她除了贾森外不认识别的男人,我担心她现在仍然是那么天真轻信。"

"你是想告诉我而你是完全相反,你上了大学,有过不少男朋友,在跟马克斯结婚的时候,已经懂得很多很多事情。"

"这我不否认。当然,如果马克斯欺骗我,我会知道的。"

"那么说,马克斯不欺骗你了?"

"我们总是在一块也不好,时间长了最后会互相厌倦的。但是由于我们在各个方面都能互相理解,我们的工作很有趣,很迷人,时时有事情要讨论,这样的生活很愉快。不过,怎么说起我来了,妈妈。我是来跟你说妹妹的事的呀!"

埃伦皱起了眉头。

她认为卡里讲的一切都是相当有道理的。此外,尽管她知道卡里性格暴躁,容易冲动,但她也知道她非常疼爱她的妹妹。就是说,卡里那样做,完全是为玛吉好。而她把话讲得那么清楚,那是因为她对她讲的那一切都掌握得准确无误。

"你认识缠上贾森的那个女人吗?"她问卡里。

"不认识。但是我知道是他最近的女秘书。"

埃伦比较放心地笑了。

"你看,卡里,贾森跟他的女秘书有些逢场作戏的事,这在世界上是再合乎逻辑不过了。但是这并不妨碍他爱玛吉和尊重玛吉。"

"这话不假,但是现在的事情还有另一面,这就是这一次他跟这个女秘书时间太长了,而且还带她出去,这是他从前从未干过的事。"

"噢,那么你想怎么办?我想你不是光来把事情告诉我而没有解决办法吧!"

"把事情告诉彼得。他是你的朋友,你们关系很好,又常在聚会和庆祝活动上见面。再说,他现在一个人住在他的乡间别墅,你很容易去找他跟他谈这件事。除非你想把这件事公开告诉玛吉。"

埃伦开始考虑。

"卡里,"过了一会儿她问女儿,"你不认为有一天贾森会厌倦了他的游戏……或者说是艳遇,像从前一样把这个女秘书派到别的部门去吗?"

"有这个可能。但是开始是玩笑的事有时候到后来会变成严肃的必然的事。不断的交往,时间长了是会产生爱的。"

"我一直认为贾森是爱玛吉的。"

"毫无疑问他爱玛吉。但是我决不容忍马克斯爱我却又跟他的一个女职员上床。"

"你是说,连一个女人都不行。"

"是的,一个女人也不行,跟任何女人都不行。如果这个女人是在周末缠着他,那就更不能容忍。"

"卡里,我们来面对现实吧。我们知道我们两人的分歧在哪儿。我们两个都是现实主义者,尽管你的性格比我暴躁和容易冲动得多，我比你理智得多。但是在对待这件事上玛吉更像我，尽管她天真幼稚和缺乏你所说的那种经验。"

"你不认为她结婚太早了吗？"

"结婚太早她不是第一个也不是最后一个。但是我看不出结婚太早和只认识一个男人就剥夺了一个女人的幸福。"

"但是如果他还有另外的女人来欺骗她……"

"那是另一回事。我也跟你有同样的看法：男女交往时间长了不知不觉就会产生感情。不管怎么说，贾森是个好父亲，我想也是个好丈夫，除非玛吉骗我。"

"玛吉跟你谈过她对丈夫很忠诚吗？"

"你不会对我说玛吉从来没有给你提过这件事吧。"

"当然提过。"

埃伦又继续说道："玛吉是一个各方面都很幸福的人，但是这种感情也可能蒙住她的眼睛，使她看不到自己周围发生的事情。你等我一个礼拜，卡里。我不想匆忙行事。彼得是个脾气很大的人，他一知道马上就会去告诉玛吉，因为他很爱玛吉。我很希望你从索菲娅那儿打听一下目前事情发展到什么程度。如果仍旧在继续，我们就不能坐视不管了。我不知道是直接跟贾森谈还是寻求彼得的干预。但是，对玛吉绝对什么都不能说。"

"这只能是暂时的，"卡里生气地说，"如果事情还在继续，那我看问题就严重了。没说的，我会一五一十地把事情全部告诉玛吉。"

埃伦知道她会这样干的。

而且也没有合乎情理的理由说服她不这样做。

因此她非常温和地对她说：

"你把事情跟马克斯谈谈，再好好想想。你可能认为玛吉很幼稚，或者说她就是很幼稚，但是她也是很有女人味的。我对你再说一遍，她很有头脑，很爱她的丈夫，不管怎么说，她决不会把自己的领地让给另一个女人。不过，当然了，我了解玛吉，她决不会像你那样大吵大闹。"

"这是因为我不能容忍某些事情。"

"因此你会把某些事情弄糟。幸好玛吉比较冷静，比你考虑事情周到，因为你是个知识分子，而她只是个家庭主妇。"

"不正是因为这样才使她跟贾森有些距离吗？"

"你是说由于她只是个十全十美的家庭主妇？"

"我看是……"

埃伦正面看了她一眼。

她像是陷入了思考。

"你让我好好想想，卡里。你给我提了一大堆问题，把事情又说得那么细，真使我有点手足无措。说真话，我的工作很多，但在玛吉的事和工作之间，选择是很明显的。我们要关心玛吉的事。我们可以想到，贾森认识很多商界、知识界和政界的女人，但是可以肯定,他更喜欢自己的妻子是一个完美无缺的母亲和一个杰出的妻子。"

"尽管如此,可他还是欺骗玛吉。"

"我们不要着急,卡里。至今我们知道的都是贾森的一些小过错,正如你所说的。谁能说这次的事不又是一个小过错,而他对玛吉的爱会逐渐让他把这次的事从脑子里抹掉。我们可以称这样的事为性诱惑。"

"马克斯总是对我说他在我身上可以找到一切。这是合乎逻辑的。我从来不把情爱和性爱分开……或者说一切都集于一体或一切被分割成千百个碎片;而这些被分割的碎片如果不连在一起几乎从来都是无用的。"

"你给事情下定义很有自己的特色。你看,卡里,我非常爱你的爸爸。他是从事出口生意的,他爱我,也像爱护自己的眼睛一样爱你们。但是相反,有时我知道他也有些风流事。"

"那么你呢?"卡里说话毫无顾忌,可以说她是个女权主义者。"你就没有过什么风流事吗?"

母亲亲切地笑了。

"没有过。我感到我是大教堂,从没有像你那样是一个女权主义者。因此我都是等待你的爸爸忘记他的小教堂回到他的大教堂里来。"

卡里发怒了。

"你就能容忍他？"

"我爱他。"

"我也爱马克斯，但是如果有一天我发现他欺骗我，不出两天我就会提出离婚。"

母亲有点冷酷，但是她知道跟卡里可以这样，因为她性格坚强，对什么都会反驳。

"你看，卡里，你这样说是因为你没考虑到父母离婚受害的是孩子们。"

"妈妈……"

"这是千真万确的。我们常常指责许多年轻人不争气，说他们精神压抑，爱记恨人……这全是他们的过错吗？你不要这样认为。过错从来都是在父母身上，或者说几乎总是在父母身上。一个孩子的生活非常重要，因为他们是那些离婚和夫妻不和的牺牲品。不是他们自己要到这个世界上来的，是父母把他们带来的。因此，既然我们把他们带到了这个世界上来，他们就应该受到我们极大的尊重。做父母的，特别是母亲，我们就有责任给这些孩子提供一个家，而不是一个公社。"

"可是，这种孩子，"卡里高声喊道，她几乎暴跳如雷了，"等他们长大成人之后，他们就把你扔掉不管了。你要一个人去生活了，不管是孤单一人还是有人陪伴你。孤单一人也好，有人陪伴也好，不管哪种方式，反正你要自己照顾自己，他们才不会关心照顾你呢。"

"你说的这话也是事实,但是如果生活的规律就是这样,谁也改变不了生活的方向和人类的方向,连一个人的生活都无法改变。不过,尽管如此,只要他们还在我们的权利之下,我们就有义务给予他们温情、怜悯和爱……缺乏这一切几乎总是从心理上伤害孩子。一个孩子永远不会忘记父母的不睦、争吵和打架。这些会在一个人的余生中留下永久的印记。我对你讲这一切是因为我了解玛吉,即使她知道了她丈夫对她不忠,要做出一个激烈的决定,她也会是非常谨慎,三思而后行的。请原谅我对你说,如果事情发生在你身上,那就大不一样了:你会抓住事情不放,自己来当判官,收拾起箱子,搬个家一走了事。你在身后不会留下任何东西。你愿意在去见玛吉、把事情告诉她之前,好好想想这一切吗?"

"难道我应该被动地接受贾森侮辱玛吉吗?因为,当然了,玛吉不知情是一回事,船厂里的人无人不知是另一回事。可是,如果船厂的人都知道了,很快社会上也就知道了,贾森在社会上可是一个有头有脸的人物呀。"

"卡里,"埃伦一副非常严肃的面孔,"我们来冷静地处理事情,你同意吗?如果事情继续下去,你通过索菲娅会知道的,那我们就要作出决定了。但是暂时,我请求你,我恳求你,还是不要去惊动玛吉。此外,我还要告诉你点事,我不知为什么要告诉你，因为我知道你跟我一样清楚。这就是第一个知道她丈夫是否骗她的会是玛吉，假设事情是从一时的高兴玩玩变成一件严重的事情的话。"

"所以我才跟你提起玛吉很幼稚的事。因为她是那样的天真，即使贾森在欺骗她，她都不会发觉的。"

"女人从跟一个男人共同生活的那一刻起就不会再天真了。"埃伦郑重其事地说，"而玛吉已经结婚七年之久了。你不觉得你坚持认为玛吉依旧是一个十六岁的小姑娘的时间太长了点吗？"

卡里考虑了片刻。

然后站了起来。

"我走啦，别的什么也不说了。你一向教育我们要面对一切问题，遇到问题要拿出切实可行的解决办法来。如果说有什么让我受不了的话，那就是朋友们对我的同情。如果贾森的事再发展下去（我想会发展下去的），谁也不会告诉玛吉，但是大家都会同情她。"

"在这样的事发生之前，我会采取措施的，卡里。你愿意不操心这件事踏踏实实地走吗？"

"好的，妈妈。但是我可以向你保证，如果事情继续下去，我很快会从索菲娅那儿知道的。那时我会来要求你采取措施，如果不是我采取措施的话。"

"你要控制好自己的情绪，卡里。感情用事是不行的。在处理这类事上，玛吉比你冷静得多。"

五

贾森开着车,脑子里却是千头万绪。但是他想的所有事情都是来自同一个出发点,奔向同一个目的地。

他爱他的妻子,但是那种爱跟他的艳遇毫无关系。当然,不管他父亲怎么说,不管他怎么威胁,事情已经做了,他不会舍弃海伦。

她是一个妓女,但是是一个非常漂亮的女人。

她可以说是一个放荡的女孩,也是一个性感迷人的女孩,对于她一切都可以允许。

在爱情上,他并没有冷落自己的妻子。怠慢自己的妻子那真是太荒唐了。他非常尊重玛吉,相反,对海伦没有半点尊重。

再说,那是一个很便宜的女人。送点小礼物,开点空头支票,买件小外套,事情就解决了。

"为什么他要舍弃这件事呢?"

他是一个谨慎的人,对自己的生活从不宣扬,他能伤害谁呢?

不过,当然了,要让她离开办公室,这是很显然的。

他的父亲没有交过年轻姑娘,由于他爱玛吉,他会不顾一切把事情告诉她的。这可不行。

他的家是一回事,他的孩子,他的妻子。而那件事是另一回事,两件事完全不同。

一码是一码,两件事风马牛不相及。就这样,那天上午,他一进办公室,就跟海伦谈起了那件事。他谈得很艺术,但是并没有拐弯抹角。

"我是个处世谨慎的人,海伦,"他严肃地说,"我有家,有孩子,有妻子,我喜欢拥有这一切。我也有过一些随随便便的艳遇,没有人为此而谴责我。那都是些逢场作戏,过后马上就断了。"

海伦疑惑地看了他一眼。

自然,如果他要像辞掉她的前任们那样辞掉她,他这位小汤普森先生是要付出高昂代价的。她当然知道他怎样爱他的妻子,但是她也知道,为了不让她发觉他在外面的婚外情,他必须要适当地照顾妻子,甚至要表现出对她非常关心。

可是,如果他要甩掉她,当然了,她要让他的妻子知道。

她等待着贾森的下文。

"你知道，我们在多佛尔有分厂。"贾森不理睬他的女友的想法接着说道。"有办公室管理那里的生意。我常去那儿。因此你要离开这儿的办公室到多佛尔去。"

海伦微微笑着看了他一眼。

'你从未对我说起过这件事。"

"我在那儿做过一些事……在那儿我有几套空房子，我叫人装修了一套。所以，"说着他把手伸进口袋掏出了一把钥匙和一个小硬纸片，"这是你开门的武器，小纸片上是地址，你今天就走。"

"工资不变吗？"

"比现在还高，你的情况会越来越好……我希望你能懂得感谢我为你做的这件事。"

"这就是说，那一天，你的父亲……命令你辞退我，没有商量的余地了。"

"不，爸爸不是那样不尊重别人的人。但是他的确认为你是我的又一个情人，要我把你调到别处去，让经理部给我派一个有能力、年纪大些、长得不漂亮的女秘书来。"

"你真没出息，或者说，我该怎么说你好呢！"

不是那么回事。

因为，他仍然喜欢她。既然他仍然喜欢她，他就没有理由抛弃她。

他知道，他会很快厌倦她的。

过去的情况都是这样的。

事实是，他很幸运。那些被他扔掉的女孩子都很温顺，对调到远离董事会办公室的岗位上没有任何异议。他有时去看望她们，问候她们，从来没有一个姑娘给他找过半点儿麻烦。

他认为他对海伦这样做的时候事情也会是这样的。她会接受派给她的新岗位和一份小礼物。

因为他的那些艳遇时间都不长。

一切都会使他很快地厌倦，唯一不让他厌倦的是他的妻子，但是他做不到对她忠诚，也许是由于习惯，不是由于信念。

"我不是无耻之徒。事实上，你是一个很优秀的姑娘，有工作能力，也很会做爱。所以，你到厂部去结账吧。"

"我要离职了？"

"对，但是厂部会给你一封去多佛尔的介绍信。这样我爸爸就绝对踏实了。"

"那么你一个月去几次多佛尔？现在我知道你一个月只去一次呢。"

"我尽量多去，希望你不要厌烦。"贾森笑了。

他变得那样平静。

海伦用指尖给他送了个飞吻，便去厂部结账了。

就在那天晚上，索菲娅给卡里打了电话：

"喂，她被派到多佛尔去了。"

卡里当时把贾森的事忘记了。

"把谁派到多佛尔去了？"

"董事会的女秘书。"

"啊，贾森的小情人。"

"没错。"

"这样你认为事情就结束了？"

"我想是的。不过你不要担心，罗伯特在多佛尔有工作，他常去那儿，有什么事他会知道的。"

当然他会知道。

⊙　⊙　⊙

玛吉很不安。

她的姐姐来看她了。她们谈了很多事情，但是她好像心不在焉，尽管什么也没对卡里说。

她之所以不对卡里说，是因为她了解她，知道她还没弄清实情就会对贾森破口大骂。而她只是怀疑，并没有确凿的证据。

她怀疑是因为贾森的表现有点异常。

他在家中停留的时间少了，可她千方百计让这个家越来越幸福。

但是，贾森几乎从来不在伦敦过周末，她开始想到一些可怕的事情。

她是个女人，在贾森身旁变得成熟，非常了解男人，尽管这种知识只来自一个男人。但是，一个女人了解了贾森这样的一个男人，她也就认为其他像他一样的男人全了解了。贾森是个激情四射的男人，是个猛男，有时候甚至有点疯狂和恶习。跟她在一起，从来是完全放纵自己，因为她也是努力要对他扮演女人、情人、女朋友和妻子四种角色，使得贾森没有必要到外面去寻找在她身上找不到的东西。

尽管如此，近一段时间以来，事情还是有点变化。不是什么根本的变化，但是凭直觉她还是觉得出来。那是一种预感，她觉得跟贾森在一起时有点什么缺憾。

是冷淡？

贾森厌倦了？

那么多周末去多佛尔？这一切都是她在脑子里想的，但是她没有告诉卡里。

她母亲也去看她了，问起了她的丈夫，问他是不是经常去多佛尔，是不是经常回家很晚，以及其他类似的事情。

当然，彼得也去看她了。

不消说，彼得每个周四中午都去跟她一起用午餐。

迪克还没有上学，请了位小姐给他上仪表课，教他说正确的法语，迪克的英语已经逐渐掌握得很熟练了。相反，迪亚娜却上了幼儿园，小姐开车带着迪克接送她。

但是两个孩子都还没有上桌用餐，因此玛吉和彼得是单独在一起用餐的。

彼得跟她讲了他在海上的短期旅行，并且告诉她很快他要再次出海旅行，然后便问起了她贾森是否经常去多佛尔。

每个人都问她那件事。

她开始想一些奇怪的事情。

但是，当然了，她没有把心中想的事说出来。

相反，每当周一贾森在傍晚回到家中时，她还是用双臂搂住他的脖子，寻找他的嘴。而贾森则是当只剩下他们两个人的时候就跟她做爱，哪怕是在大厅的长沙发上。有时也在点燃的壁炉旁，或者是把她抱到卧室去。

每当这个时刻，她便把所有的不安忘到了九霄云外，全身心地献身于丈夫，仿佛是世界上最机敏的情人。

同样是在这个时候，贾森会暗自下决心断绝跟海伦的关系。

为什么要去做那件事呢？

因为，当然了，他在整个一周内都下决心不去多佛尔，但是一到周六，他几乎还是都去了，如果不去，他的周六和周日就会过得心不在焉，无精打采，甚至会为没有去而动怒。

贾森的这些情绪，玛吉都看得清清楚楚，尽管卡里认为她幼稚得像个孩童。

的确，跟贾森一起生活了七年，任何女人都不会再是一个孩童。

整整一个月,贾森只有一个周六没去多佛尔。那个周六他们去跟彼得一起吃饭,并且留在了那儿过夜。

她发现贾森很紧张,并且有点激动。

"他怎么啦?"有一会儿贾森去了花园,彼得问玛吉。

玛吉感觉到有点奇怪,并且开始怀疑,但是她却说:

"生意上的事很让他操心。"

"可是那里的生意一切都很顺利呀。"彼得突然问道:"他还是经常去多佛尔?"

"是的。"

"每月去几次?"

"三次……有时是周中去。"

彼得皱起了眉头。

"我们那儿的人都很能干,"他评论说,"我看不出有什么必要贾森要浪费时间老往那儿跑。"

"他知道他该怎么做,爸爸。"

"也许。"

他决心要弄清其中的原因,他要当面问问他的儿子。

所以,后来他趁玛吉跟小姐及孩子们在一起,就去了露台找他的儿子。

贾森正倚在一根柱子上吸烟。

天气很冷，彼得不明白他的儿子怎么能扛得住。他觉得他甚至没有感觉到寒冷。这样他又回去穿了件皮外衣，并且把领子竖起来，吸着烟重新去找他的儿子。

"贾森。"他叫道。

贾森转过身来。

"啊，是您呀……"

"你想是谁呢？魔鬼吗？"

贾森勉强地笑了笑。

他不怕他的父亲。

他跟海伦的事他搞得很秘密。此外，他们在工厂里连话都不说。但是到了傍晚，他就去海伦的住处，两个人共度良宵和第二天。

他不爱海伦，这是千真万确的，但是跟她在一起他觉得很快活。她是一个最狡猾的狐狸精，但是她知道怎样用甜言蜜语哄他高兴。

更糟糕的是她懂得怎样死死地抓住他。

因为，事情应该说全面。有许多次，贾森周六去看她后打算当天就回去，但是海伦总是三番五次地设法留他。

当然，最后他就留下了。

过后他感到很后悔，认为自己一千个不对，因为玛吉不应该受到这样的对待。

"穿那么多,"这句话就算是对爸爸的回答了,"好像你是要去北极了。"

"你穿得那么单薄,像是在巴哈马散步。"

贾森又笑了。

"喂……在这个庄园里,谁都不想上床睡觉,玛吉跟孩子们在一起,我们两个可以去我的书房里喝杯拿破仑。"

事情不妙。

他父亲是只狡猾的老狐狸,不要指望去那儿他是跟他谈生意上的事。如果不是谈生意上的事,那可能就是谈另外一件事了。

但是他并不害怕。

那另外一件事只有他和海伦知道。

六

不管怎么说,他从父亲前面安然地走过去,仿佛一点也不紧张。当然,他不会太紧张的。啊,活见鬼!海伦是个内心感情激越、表面爱说爱笑的女子,跟她在一起真是妙极了;如果待在她身边,那肯定是个美好的周末。

因为一周的其他时间,他已经有玛吉。

玛吉虽然是个美妙的女人,但她完全是属于自己的,安全地属于他,而另一个女人却像是偷来的,令他产生幻想。

向来被禁止的东西更令人喜欢,凡是躲躲藏藏的事情就更令人愉悦。

他看到父亲脱去皮外衣挂到门口的衣架上,两个人便一起进了点着壁炉的书房。

"那么说,"父亲一边落座一边开始说道,并且打了个手势让他拿杯白兰地来,"多佛尔的事情需要你操心了。"

"凡事都还是自己亲自看看好，不能一舍就是几个星期让别人照管。"他为自己辩护说，一边把白兰地递给父亲。"给。"

父亲很安静，接过白兰地送到嘴边抿了一口细细品味着。

"你不坐吗，贾森？"

"当然坐。"

"那几个盒子里我应该在一个盒子里有雪茄，如果你愿吸的话……"

"我还是喜欢吸香烟。"

他点燃了一支香烟，但是他还是在盒子里找到了雪茄递给父亲一支。

父亲从口袋里掏出工具，剪掉了雪茄的头，然后不慌不忙地点着了它。

"这是真的。"他说，好像是回忆儿子说过的话。"但是，周末的日子是你自由的时间，而你去……一个星期日在多佛尔的公司里有什么要干的呢？"

贾森眨巴了一下眼睛。

但是脸上的肌肉并没有动。

毫无疑问，他父亲在怀疑点什么，但是他不会向他承认的；再说，他完全有把握，他做的那件小蠢事绝对是一种秘密，谁也不会看穿的。

"我找几位工作人员谈谈，看看书，那一天必须在那儿。"

"这倒是真的。哎,那个叫,或者说继续叫海伦的姑娘,你是否把他派到了多佛尔?"贾森变成了一个健忘的人。

"我不记得有什么人叫海伦。"

"好吧,"父亲恬静地笑了笑,"由于你的秘书太多了……多一个你也许就记不得了。但是我指的是那一个,具体地说,就是我看到你吻她的那一个。"

父亲说这话时压低了声音,好像要做他的同谋似的。

贾森早已看穿了父亲的伎俩,所以他也很聪明地跟他周旋,避免落入父亲铺设的圈套。

"你看,爸爸,"他同样压低了声音,"去过我办公室的秘书我几乎都吻过,我不知道你抓住过我多少次。我所知道的是你现在不会再抓住我了,因为我现在的女秘书是一位四十岁的丑大婶。不过她的办事效率很高,厂部很夸奖她。"

"啊哈,这可是真有眼力,不过我也知道你把另一个女秘书派到了多佛尔。"

"我每到月底签发那么多的调动,关于你想知道的这一个我无法给你明确的回答。"他以其人之道还治其人之身,又讥讽地在心中想道:"啊,老滑头,你是不是对我的某个女秘书特别感兴趣?"

彼得没有他的儿子聪明,而且比儿子更轻信,因为他的确坚信贾森不记得那个姑娘了。那个姑娘曾任他的秘书,有一天有人告诉了他儿子跟她有染。

但是他在脑子里挥之不去的是贾森为什么老往多佛尔跑。

他的财政状况良好,多佛尔的企业机构靠了工作人员的帮助可以自行运转。

在他看来,贾森到那儿去没有任何道理。

"不管怎么说,"他使劲地抽着哈瓦那雪茄坚持说道,"我不明白你为什么老往多佛尔跑……我们那儿的人都很能干,也完全值得信任,难道你怀疑什么人或什么事?"

贾森咽了一口唾沫。

看来他表面上那种无所谓的态度并没有太大的用处。

当然,出于某种考虑,他的父亲曾为那桩生意忙碌过,并且使其发展,甚至扩大了经营。

所以,不要以为他父亲对那儿的事情失去了把控能力,变成了一个天真的傻乎乎的老头儿。

"你教我要亲自管理事情,"他说,仿佛非常地自信,"我现在正是这样做的。"

"不过,你不会对我说多佛尔的事情比我们这儿企业的事情更重要吧?"

"你会明白,"他认为他说的话是能说服人的,"我整个星期都待在这儿,这儿的企业已占去了我全部的工作日,道理很简单,我没有必要再把周末也给它。因此,我到多佛尔走走是适宜的，我是在完全允许的情况下到那儿去的。"

父亲用探询的目光看了他一眼，依旧吸着哈瓦那雪茄。

"贾森，我们是互相了解的。你是个很好的孩子，不过，你的优越条件太多了……你有一个妻子，我不敢说你完全配得上她。那么，也许你正在做对她不忠的事。"

"您说什么？"

那个干下见不得人勾当的人心中暗想，父亲的这种想法也许是为了吓唬他的。

不过，奇怪的是，由于这话出自他父亲之口，他还真的有点害怕。

如果他父亲在这个时候对他说，假若他不看在上帝的分上放弃同海伦的肮脏勾当，就会失掉他的妻子的话，他当即就会把他的前女秘书抛弃。

"我不再说什么了。我只是问问你。我知道你不是像应有的那样干干净净，正正经经，这让我感到难过。一旦我了解清楚你在多佛尔与女人有染，请你相信我也就不再吓唬你，而是直接告诉玛吉了。"

贾森开始冒汗了。

他掐灭了那支烟，又重新点上一支。

他不知道该怎么回答，但是玛吉的到来避免了他要作出回答，虽然他知道父亲的威胁已经悬到空中了。

"亲爱的,我怎么找不到你了。"玛吉走进来说道。

当然,他觉察了贾森的紧张神色。

那天晚上她将不能和贾森睡在一起。

可是六年来他们一直是睡在一起的。

她对贾森了如指掌。

她感到她是那样地了解贾森,因为凭直觉她意识到(其实她已经知道)发生了点什么不正常的事。

"我正巧要走哩。"贾森急忙站起来说。

接着向她走去。

他伸出一只胳膊揽住她的腰肢,让她紧紧地贴在他的身上。

奇怪的是,这样的接触使他感到极端地舒服,甚至激动起来。

他渴望他的妻子,感到他爱她。他觉得玛吉是举世无双的女人。

因此他本能地紧紧地搂住了她的腰。彼得看到这情景,觉得不管由于什么原因,儿子的道德心是不干净的。

一定要打听清楚在多佛尔发生了什么。

是什么事让贾森每个周末都跑到那儿去。

尽管如此,在那一时刻他还是看到贾森愿意跟他的妻子单独待在一起。

人的本能现象?

噢，也许。

贾森不是个简单的男人，他回答父亲说他爱玛吉。那么，如果他爱她，又是什么魔鬼促使他去用另一个女人来代替她呢？而那个女人也许不管是在长相还是品德上都不如他自己的妻子呀！

他看到他们离去。

听到他们一齐说：

"晚安，爸爸。"

彼得平静地回答了他们，但是他继续留在了书房里，一边吸烟，一边思考。

⊙　⊙　⊙

他紧紧地搂着她的腰肢。

他感到她的浑身在颤抖，仿佛玛吉全部女性的东西都进入了他的身躯。

突然，由于害怕她从父亲那儿知道那件事，也因为他确信他爱她、渴望她，他感到在她身旁是一种绝对的完美。

海伦？

噢，不！

那个周末他可能会在某一时刻怀念她，但是一想到玛吉会为他的过错而感到痛苦，他就对妻子产生了全部的温情，产生了欲望和万分难耐的渴望。

他们已经做过了爱。

两位异性，而且是丈夫和妻子，他们不管是在精神上还是在性上，都是相互补充，使之完美。

实际上，还在她是他的未婚妻的时候，他就把那个涉世未深的叫玛吉的姑娘变成了女人。

他给了她初吻。

他看到了玛吉对他的动作所感到的吃惊、惊异以及由于所得到的愉悦而变得苍白的脸色。

那使他非常激动。

就这样他开始爱上了她，并且以他的方式塑造她。

实际上，玛吉只不过是他自己的一个影子。

尽管有时候他一个人在那儿独自遐想，而玛吉的最美之处就在于她总是顺从地满足他的一切渴望，并且同他一起分享那些渴望，这也正是他对玛吉所希望的。

他还能要求什么呢？

他跟住在多佛尔套房里的那个姑娘的事是多么的肮脏呀！

那种事完全不能跟现在他跟妻子在一起相提并论。

因为事情本来就是这样。

是的，玛吉是个敏感、动人、激情四射的女人，她在这些方面达到了极致。

他感到她对他是一种长时间的爱抚，是一种永无休止地给他带来愉悦的器官。

既然如此，他还能对生活有什么更多的要求呢？

那么，就是，恶习。

他的排气管。

那种被禁止的事情。

或许不那么被禁止？

是，是被禁止的事情，完全被禁止。

因此他要去寻找这种事情。

像疯子或白痴那样。

他把她搂得那么紧，以致她突然感到惊恐起来，说道：

"贾森，你怎么啦？"

他放开了她。

什么事也没有发生，就是说，对，发生了。

是害怕。

怕什么？怕失掉她。

或者说，他害怕海伦对他有那么大的诱惑力，从而由于她而失掉妻子的那种温存和激情。

"对不起，玛吉。"

"不，我喜欢你对我这样。"

她就是这样的妻子。

温柔而热烈。

女性十足、感情丰富。

让他神魂飘荡。

他为什么还要去找另外的女人?

可是,他找了。

那是在干蠢事,但是他干了,而且他干这种蠢事是在他的妻子对他如此温柔多情、令他如此欢欣的情况下。

那是一桩莫名其妙的事情吗?

是一桩成年人的游戏?是一种罪过?

不错,有点是这样。

他紧紧地搂着她,他觉得她的玉体柔软、温暖、完全地奉献给了他。

可能她是他一生中最让他动感情的情人。

最完美的情人。

他们的生活充满激情,同时也纯洁无瑕,在这种生活中她也是最完美的。

但是玛吉在想……

她感到贾森是她的……

但是……他全部属于她吗?

不。

她对他太了解了!

结婚已经七年,丈夫的事她什么不知道呢?

虽然她感到那天晚上他是属于她的,可不是还有一点什么从空中飘走而不属于她吗?

她听到他的一种深沉而热烈、但同时又带点咝咝的声音。

"玛吉,我爱你……"

七

这她知道。

那是一种深沉而严肃的爱。

那是他们两人共同的生活。

但是……这就够了吗?

不,玛吉学会了做他身旁的妻子。

然而她意识到,有些日子贾森是完全属于她的,而另一些日子他却只不过是消失在茫茫大雾中的一个影子,一种回忆。

有多少人想告诉她点什么呀?

卡里,当然了。

她母亲。

彼得是不是也想告诉她点什么?

是的,同样如此。

她在不知不觉中脑子里便出现了这些疑问。

那些疑问在她的脑子里转来转去。

但是她要把它们驱走。

用勇气吗？

对，是这样。

用很大的勇气。

因为除了妻子，她还是个女人，而且是个有尊严的女人。

她很敏感，虽然表面看来很沉静，但她内心中却激情洋溢。

但是，这是一回事，而夫妻关系又是另一回事。

"玛吉，"贾森对她说，"你好像有点局促不安。"

她笑了。

是假笑吗？

是带点痛苦的笑。

是由于一种预感吗？

如果这种预感存在的话，应该加倍。

是的，这种预感确实存在。

不过，还需要加倍。

她会的。

首先，她是他的妻子。

是他们共同儿女的母亲。

是他们家庭的主妇。

她的一家和她的公公对那一切会怎么想呢？

贾森被卷入了什么肮脏的事情?

"玛吉。"

"我在这儿。"

"我感觉得到。"

他感觉得到她就在他的身旁。

温暖而动情。

敏感到无以复加。

他怎么能用另一个肮脏的女人来代替她一时一刻?

但是,他用那个女人代替了她。

这是无法挽回的。

尽管如此,可他在把玛吉搂在怀中的那一时刻,他知道自己是荒唐的,干的勾当是不光彩的,给他起再多的难听外号也不为过,这一切他都清楚。

相反,她表现得柔情似水,如胶似漆。

她贴在他的身上。

一丝不挂。

甚至可说有点卖弄风情。

他要在另一个女人身上寻找什么他的妻子没有的东西呢?

因为他爱她。

他爱玛吉。

可是,尽管如此,他还要在另一个女人身上寻找虚伪的、肉体的、愚蠢的欢愉。

尽管他此时把玛吉的裸体紧紧地搂在怀里，从肉体到精神都占有着她，但是他知道，两天之后他还是要去找海伦。

出于恶习？

是的，从某种意义上，可以这么说。

"玛吉，你知道我爱你。"

当然，她知道。

但是，爱是一回事，占有是另一回事。

她对所有那一切知道些什么呢？

她凭直觉意识到些什么呢？

她的母亲、卡里和彼得想告诉她什么呢？

她什么都不想知道。

她宁可对事情一无所知。

她没有勇气把她爱的那个男人从她的身旁赶走。

那是她孩子们的父亲。

那是她的情人和朋友。

"玛吉，"贾森又带着咝咝的音说道，"我太爱你了！"

她心中早就知道了。

她的双唇去寻找他的嘴，她发现他的嘴是张开的，贪婪的，同时也是给人愉悦的。

当然也是煽情迷人的。

⊙　⊙　⊙

对，对，也就在那个上午，卡里知道了真实情况。

半明半暗，还是了解了全部？

全部，一点不落。

作为一个执行律师，罗伯特是一个有学问的纯洁而愉快的人。

但是，首先，特别是，罗伯特是妻子的丈夫和知心人。

而索菲娅把她所知道的一切全都告诉了卡里。

她们从小就是朋友。

玛吉同样从小就跟她们是朋友。

玛吉比索菲娅和卡里年幼，但是她是她们的小朋友。

但是，虽然玛吉将那件事置之度外，索菲娅和卡里却不然。

在丈夫一门心思地在试管里寻求他们的研究答案时，卡里又喋喋不休地跟他讲这件事。

"马克斯，我告诉你，我不能再沉默了。"

不用她说，马克斯已经知道。

让卡里沉默，等于缘木求鱼。

他为贾森感到遗憾，也为玛吉感到遗憾。

他的妻子要去破坏的是什么？

一切。

他想，还是让玛吉安静吧。

难道一个妻子不知道自己的丈夫在做怎样的错事吗？

当然知道。

他摇了摇试管,低声说道:

"卡里,你甭管这事了。"

"你说什么?"

"让你妹妹自己去处理她的事。"

"让我妹妹玛吉自己去处理她的事情?我说,你是不是在犯傻呀,马克斯?玛吉是个天真的女人。"

马克斯不这样看。

玛吉是个完美的女人。

甚至比卡里完美?

从某种意义上讲,是这样。

他是一个一心扑到工作上的人,对肉欲或者说性欲却不那么强烈。

而卡里对此无异议,所以两个人在一起生活得很快活。

相反,玛吉是她家的主妇,是丈夫的情人,是母亲,是妻子。

难道不是吗?

但是,卡里与丈夫的想法不同,所以她坚持要说下去:

"贾森在多佛尔有女人。"

许多事情马克斯都已经忘了。

因为他有自己的事情。

而那些事情是很重要的。

不是为他自己,而是为全人类。

他既为自己活着,也为别人活着。

但是,当然了,他不是为玛吉活着,也不是为她家庭的内部问题活着。

那是她的私事,仅此而已。

为什么卡里一定要插手那些完全属于私人的事情?

他以不安的、审视的目光看了她一眼。

"贾森在多佛尔怎么啦?"

"有一个情人。"

哎呀,事情真是滑稽。

他置身于那一切之外,而卡里却去插手她妹妹的家庭问题。

"卡里,你为什么不让你妹妹自己去处理自己的事情?"

卡里向来认为只有她才能处理家庭的问题。

"玛吉知道什么!"

"她不是贾森的妻子吗?"

"没错,但是她处理得了这事吗?"

马克斯不知道。

他有他的事情。

卡里插手别人的事情让他很烦。

"她应该处理得了,不是吗?"

不，卡里认为不是这样。

玛吉是个天真的女人。

她是一位在生活各方面都受到良好训练的先生的妻子。

但是她自己却没有在生活中受到良好的锤炼。

这就是玛吉。

玛吉绝不会知道如何来处理她丈夫的那种越轨行为。

"卡里，"马克斯若有所思地说，"你为什么不能放下这件事？"

听罢这话，卡里一下火了。

"对我妹妹的事坐视不管？"

"那是人家的事。"

"难道不也是我的事吗？"

"是的，作为姐姐可以这么说，但是，归根结底是她的事，因为她丈夫是她的。"

"我要去找妈妈。"

马克斯无可奈何地叹了口气。

"你又要去找妈妈？"

"我不管找多少次！我看处理这件事最合适的人就是妈妈和彼得。"

马克斯不明白她这句话的意思。

再说，他也不想明白。

眼前的情况让他害怕。

当然,不是为他自己害怕,而是为玛吉,为母亲,为彼得。难道也为贾森吗?

贾森是个男人。

他有他的消遣。

有他的风流韵事。

而他马克斯没有这些事,但是不是由于信念。

而更多的是出于对事业的理解、出于经验,也因为一人堆工作不允许他抽出时间消遣。

"卡里,"他嘟嘟哝哝地说,"你为什么不放开这件事?"

"因为我放不下。你没看到吗?他有一个情人。"

"这事会过去的,以前他不也有过吗!"

不,这一次跟以前不同。

这是一个固定的情人。

以前的情人只不过是一周、两周的风流事。

从来不是固定的情人。

"我必须得把事情告诉玛吉。"她又说道。

马克斯难过地看了她一眼。

"你干吗不先去找你妈妈谈谈?你不要去掺和你妹妹的私事,还是让你妈妈去管吧。"

她不知道自己是否接受。

但是她整整考虑了一天。

晚上她终于去找母亲了。

那天晚上她母亲没有社交活动。

八

她到母亲家中时,母亲正在工作。

埃伦亲自给她开了门,一见面,笑眯眯地看了她一眼。

"没想到你今天会来。"母亲说。

卡里知道。

她的母亲从来不希望任何人来。

但是有时候她会去看她。

而每次去都是为了私事,为了家庭的事。

有时候她会说出来。

有时候她就不说。

但是那一天她必须把自己的感受和想法说出来。

索菲娅每次从她丈夫嘴中把一切都了解得清清楚楚。

"到我的书房去吧,"埃伦亲切地邀请道,一边偷偷地看着女儿,想着她要跟她说的事,一面走一面又补充道,"我想你是为玛吉的事来看我的。"

卡里同意母亲的话。

"又是从索菲娅那儿来的消息？"

"是她告诉我的。在多佛尔的办公室里，没有一个人不知道，尽管贾森以为完全相反。"

埃伦示意赞同她的话，并且开始了沉思。

她感到痛苦。

玛吉不应该受到那样的侮辱，她是个可敬的女人，可信的女人，正派的女人。

她是个忠诚的妻子，从不欺骗丈夫，贾森应该了解他妻子做人的方式。

"卡里，"她一边落座一边说道，"不会又是一些胡编乱造、没根据的传言吧？"

"不，妈妈，百分之百的真实。还是那个女人，他最后的那个女秘书。我在想我们应该怎么办。"

"不必太着急，卡里。当一个第三者插足一对夫妇时，要么夫妻破裂，要么三个人都身败名裂，一切他们自己都会得出结果的。"

"但是玛吉不应该受到这样的对待，我认为如果你认为可以的话，我想去探听一下玛吉的口气。"

她信不过卡里。

她没有外交素质,不像她说得那样善于探听事情。

如果让卡里去处理那般敏感的事情,她肯定是开门见山直奔主题,说不到一半就火冒三丈。更糟糕的是,最后她会说得比知道的还多。

"这事最好我来处理,卡里。"

"你去跟玛吉谈?"

不,当然不是。

她要去跟彼得或者贾森本人谈。

"玛吉应该最后一个知道这件事,如果事情能得到处理,那她就永远别知道。不过,卡里,请告诉我,你还知道什么。"

"贾森把那个女人安排在他去的多佛尔的办公室里,他经常去那儿。他们在办公室里装得互不认识,但谁都知道那个女人就住在汤普森公司的套房里。"

母亲不同意女儿把事情看得那么简单。

好的职员都可以住在那些属于公司的套房里,而并不是出于特别的宠爱。

因此她说道:

"卡里,这件事并不能说明太多的事情。就她一个人住在那种套房里吗?"

"当然不是,有些级别的职员都住在那儿。"

"如果这个女人是个优秀的秘书的话……"

"妈妈,你想变成傻瓜吗?也想让我变成傻瓜吗?"

不,当然不。

她是要把一切考虑周到。

要了解清楚事实,不能根据猜测行事。

"你要明白,卡里,现在我还不能在没有把握之前盲目行事,这会很不愉快。就是说,不能企图去抓住一只没有跑在荆棘丛中的兔子。"

卡里点了点头。

"您好久没去看玛吉了吧?"

是的,两个多礼拜了。

她没有时间。

她的工作一大堆,她靠那工作生活。

她决不喜欢有一天她落得孤独无助而不得不求助于她的女儿们。

她一心扑在工作上,但是,她听着卡里的话,明白或者说正在明白,除了工作之外,她还有另外的职责。

"已经至少有半月没去看玛吉了。"

"那明天你就去看她吧!"

"为什么一定是明天?"

"那就后天吧。如果你不愿把事情跟她挑明,那你就试探一下。你很了解她,妈妈,如果她想到点什么的话,她会坦诚地告诉你的。"

埃伦以讥讽的表情瞅了女儿卡里一眼。

"你说这话不是认真的吧，对吗，卡里？对她丈夫不利的事，你不要指望玛吉会对我坦诚相告，即便她知道了贾森的事，她怀疑那件事。因为猜测是一回事，确实了解是另一回事。不过，即使她了解了一切，由于她是玛吉，她也不会承认，哪怕她有勇气告诉你。"

"但是我们不能就这样算了。你想知道那个女孩的名字吗？"

"为什么，卡里？"

"她既漂亮又年轻。"

"比你妹妹还年轻漂亮吗？"

"不，当然不是，但是……"

埃伦眯起了眼睛。

"卡里，难道你认识那个女孩吗？"

"当然不认识。"

"那么说，你是一切从索菲娅那儿听来的。"

"当然。"

"你愿意听我一句劝吗，卡里？你不要掺和这些事，让事情顺其自然好了。自然我会去看你的妹妹，问她点情况。可我不会把事情挑明，处理事情的方式很多，甚至可以不直接触及即可处理。不过，尽管如此，我预感到我什么也不会弄清楚。"

"如果跟彼得一起呢?"

"我不知道,"她一边思考一边说道,"如果我碰到他,可能会跟他谈这件事。但是在没有把握之前找他去谈这件事,我认为太过分了。"

"但是我已经把实际情况告诉你了。"

"不,不,卡里,索菲娅讲的是一回事,亲眼看到的事情是另一回事。我还要对你说,有些事看起来是这样,但后来证明不是这样。我宁愿把这件事掌握得更准确一点,卡里。我不能去做救世主,因为如果玛吉知道了我的企图,她会是第一个出来阻止我的。"

"那是因为你把她看成了傻瓜。"

不,绝对不是这样。

但是,玛吉的确是个谨慎的女人。当然,比卡里要谨慎得多。

卡里好像看透了妈妈的心思,轻声地说道:

"妈妈,你认为我是太冲动了……"

⊙ ⊙ ⊙

母亲深情地伸出手去,紧紧地拉住她的手指,温柔而热烈地捏着,然后长时间地用眼睛盯着她说道:

"卡里,让我来告诉你一件事。不错,是这样,你爱冲动,而生活常常是需要冷静对待的,需要非常的冷静。但是有一件事你的冲动是可以原谅的,至少是在你妹妹这件事上。你非常非常地爱她。你得考虑一下,卡里。如果你愿意,你会了解贾森更多的生活细节。因为猜测是一回事,而猜测的事得到证实是另一回事。我对你这样说,是因为伤害玛吉是一件很痛苦的事,而更可怕的是到后来证明完全是毫无根据的瞎说,一切都只是一种怀疑,事情只是源于贾森生性快乐的和有点轻浮的生活方式。如果我们要严格地看他的话,他可能是轻浮的,甚至是不检点的。但是有一件事也是确实的,非常的确实。贾森爱玛吉,真的爱玛吉。所以不能只由于怀疑让玛吉受折磨。"

卡里慢慢地同意了母亲的意见。

"你明白了我给你说的话吗,孩子?"

"明白了,妈妈。"

"你跟马克斯说过这件事吗?"

"他跟你的想法一样。"

"看到了吗?"

"可是,我是担心玛吉知道了这件事,一个人在那儿受熬煎。"

"这有可能,但是由于她是玛吉,我想她宁可自己受熬煎也不愿承认这件事,因为承认了这件事就等于让别人一块跟她分担痛苦。"

"这有点过分自尊了。"

"不,不,卡里,这是她爱她的丈夫,是宽容,是耐心和容忍,是等待贾森对那个女人的厌倦。"

卡里又动怒了。

"换了我,决不接受这种情况。这是一种假象,很荒唐,难以容忍。"

"当然了,当然了,换了你是不行的,因为你是卡里。但是,你要记住,玛吉跟你不一样。"

她们谈了很久,卡里走时心中很痛苦。

母亲也很担心。她为小女儿感到不安。

如果卡里遇到这种事,她会自卫。

但是,玛吉就完全不一样了。为了保护玛吉,也为了保护卡里,她没有跟卡里说这样的话。因为玛吉也就是像她说得那样,没有别的。

她整夜没有合眼。

第二天,埃伦从出版社下班出来的时候,顺便到玛吉家中看看。

玛吉住在一座非常漂亮的宫殿式的房子里。埃伦下班的时候,贾森还没有回家,这正好为她向玛吉试探提供了方便。

当然了,不能深谈,玛吉傻乎乎的,她可能有点怀疑,但现在还根本没往脑子里去。

天还没有黑,她把车停在了围墙的外面。她喜欢把车停在那儿，而不开进院子去，因为她没有多少时间。

孩子们正在花园里跟小姐一起玩耍，看到外婆，就飞奔到她身边，叫着"小姥姥"。

孩子们这样叫她她很开心。

她感到自己年轻了。但是当了姥姥的事实，尽管这个称呼很亲切，还是让她明白自己已经上了年纪；而上了年纪，则有一种隔辈亲。

她把孩子们紧紧搂在怀里，吻了他们，然后就问起他们的母亲。

"她在大厅里。"

"爸爸还没有回来吗？"

"没有，还没有。今天他不回来。妈妈说爸爸去多佛尔了。"

埃伦皱起了眉头。

那是个工作日，干吗去多佛尔？

正是在这个时候，据卡里说，他经常去多佛尔。

难道卡里的怀疑已经是既成事实？

她摇了摇头。然后抚摩了孩子们的头，跟小姐打过招呼，就顺着小路走进了院子的大门。

尽管门开着，那儿却没有人，于是她走进去，东西张望着。

她看到一个门开着，是一个侧门，她知道从那儿可以去玛吉经常待着的大厅。

她静悄悄地走到门口、下意识地停住了。

玛吉在那儿，坐在壁炉旁。

她只能看到她脸庞的僵硬的侧面。

是不是太僵硬了？

玛吉的五官平常是很松弛的。绿色的眼睛光芒闪烁，嘴上的曲线总是挂着温柔的微笑。相反，在那一时刻，埃伦真想说她女儿的面孔像石刻的一般。

她没有勇气再往前走。

她看到她陷入沉思，像是一个遥远的人，仿佛她的思维在千里之外。

此外，她发现她的面孔是如此的紧张，好像内心里有一种不安。在她女儿的脑子里，有一点什么不正常。

是不是因为她自己听了卡里的话，对一切都警觉起来？

九

"玛吉!"她叫了一声。

她的声音是柔和的,但是女儿忽地就站了起来,面部表情也随即放松了。

她还是那么漂亮,那么高雅,那种母亲看来的天生丽质。她像是从来没受过损害,身着米色本色的考究丝织衣衫,从她所在的角落里匆匆走过来迎接母亲。

"妈妈。"

"你好,亲爱的。"

"没想到你会来。"她低声说道,在母亲的脸上深情地吻了两下。

"我本来没有来的打算,"埃伦一边把公文包和提包放到一个扶手椅上一边说道,"可是突然想到已经有半月没有看到你了,你这个礼拜也没有回家去。"

"我们去彼得那儿了。贾森没有去多佛尔,我们周末就去了彼得的庄园,因为孩子们老在露天里跑,整个一星期城市里污染的空气对他们会有些伤害。可是,啊,你坐吧,妈妈,见到你真高兴,非常高兴。"她牵着妈妈的手把她拉到点燃的壁炉对面的长沙发上,又补充说。"贾森去多佛尔了,明天才回来。"

"不是星期六,他干吗去那儿?"

玛吉露出茫然的神情。

"有时候那儿生意上的事需要他过去。"

"你也可以跟他一块去呀,不是吗?孩子们可交给小姐去管。以前他们离不开你,现在你可以超脱一点了。"母亲的脸上是温柔的笑容。"你对做母亲的事情太操心了,可也不要忘了做妻子的义务哟。"

玛吉勉强地微微一笑。

母亲觉察到,在她的微笑后面,似乎有一种强忍着的忧伤。

"我不是生意场上的女人,"她对母亲说,"也许我去了会影响他做事。"

埃伦明白玛吉知道很多事情,而且毫无疑问,她怀疑她丈夫的生活中出现了不正常的东西。

但是她也肯定,即使在她亲母亲的面前,玛吉也决不会承认这件事。因此她预感到她应该去看卡里,提醒她不要把知道的事情说出去,因为可能玛吉自己知道的事情比她们两人甚至再加上索菲娅三个人知道的事情还要多。

"以前他去多佛尔的次数没有那么多。"埃伦谨慎地嘟哝道。

玛吉避开回答,而是亲切地问道:

"告诉我,妈妈,你怎么样?我有你办的杂志,每个星期的都有。很漂亮,很迷人,家庭很需要。它有一个家庭需要了解的许多新奇的事情。我认为你办得很好。"

事情很明白。

玛吉不愿谈她自己的事,也不愿谈贾森的事。

既然如此,她也用不着坚持要谈。此外,她也认为不管是彼得,不管是卡里,不管是任何人,都不应该介入那件事。即使要谈的话,也一切应该跟贾森谈。

要她去谈吗?

要谈,首先要了解更多的情况。她要亲自去多佛尔,了解清楚她女婿在那儿生活的真实情况。她不喜欢听风就是雨。但是,玛吉是她的女儿,而且是一个理想的女儿,一个非常贤惠的女儿,她爱她的丈夫。

"我很高兴你喜欢我的杂志,玛吉。告诉我,这个周六你去跟我吃午饭吗?我想你的丈夫是不在的。"

"不知道,妈妈。如果能去的话,我肯定去的。"

但是,她没有去。

从卡里那儿,埃伦知道贾森又去了多佛尔。

事情变得很糟。她跟卡里和马克斯聚到一起商量这件事。

当然，他们说的是真实的。

马克斯已经证实了。因为在妻子的催促下，他找索菲娅的丈夫罗伯特谈了。罗伯特没有拐弯抹角，直截了当地把事情说清楚了。

贾森有一个情人。他爱她，或者说不是什么大事，但是他有情人是确定无疑的。

因此，那个星期天埃伦和大女儿女婿聚在了他们的家中。

并不是马克斯对这件事要小题大做，但是他不喜欢这样的事。

更何况受害的是像玛吉这样如此出色的女人。

另外，就个人关系而论，他很喜欢贾森。虽然他知道贾森的一些风流事，但他所不能接受的是贾森把事情做得那么出格。

随便跟可以接受的人发生点性关系快活快活是一回事，而在自己的套房里养一个情妇就是截然不同的另一回事了。

卡里已是火冒三丈，暴跳如雷，而母亲则是让她心平气和来明智地商量这件事，找一个办法来结束贾森的过错，不要闹得沸沸扬扬，满城风雨。

她很忙，那时候她家中肯定有一大堆工作在等着她，但是，既然是卡里叫她去谈那件事，她当然是放下一切去跟她的大女儿一起吃中饭，顺便找出方法来结束那件事。

当时，当卡里在电话里向她证实了那个消息之后，她想找彼得谈谈，约他到家中来，面对面、直截了当地把事情说清楚。但是，她了解彼得，实际上，他很像卡里，知道他了解了这件事之后，他会直接去见儿媳妇把事情告诉她。而彼得的那个儿媳妇就是她的谨慎的女儿。实际上，她认为玛吉对她丈夫的那场情感纠葛的一切几乎跟她和卡里同样了解，也或许比她们了解得更多。

所以，她认为玛吉宁愿谁也别跟她谈起这件事。

于是，当时她对卡里说下面的话：

"你看，卡里，你不要发火。你去吧，如果你愿意，你可以去看玛吉，把你知道的事情告诉她。但是我可以保证，玛吉是绝不会感谢你的。"

"你是想对我们说，玛吉怀疑这件事，但她想……避开，采取视而不见的态度？"

"差不多是这个意思。玛吉爱贾森，毫无疑问贾森也爱她。但是……他却忍不住要去做那种事。如果你想这样说的话，可以说是荒唐事。这种荒唐事会破坏家庭的和睦，而玛吉懂得应该坚定地维持家庭的和睦。"

"贾森可是经常离开玛吉了。妈妈，谁都知道贾森在干什么。他以为人家不知道。然而，多佛尔不是像伦敦这样的大都会。他完全可以把那个女人放在这儿，送到一位朋友的随便什么企业去，安排在离我们远一点儿的套房里。但是，把她安排在多佛尔，这几乎是把她放在橱窗里展览。"

"你不要这样认为，"马克斯不慌不忙地插嘴道，由于他不得不赞同他妻子的朋友索菲娅的话，情绪很不好。"他们不待在多佛尔，而是乘轮渡去加来，有时候去比利时，从那儿去奥斯坦德。事情不是那么简单。糟糕的是如果玛吉像你怀疑的那样，妈妈，她会很痛苦的。"

"关于要把事情告诉玛吉的事，你跟卡里的看法一样吗？"

"如果当事人不知道，有些事情不应该不说。"马克斯谨慎地说。"但是你是玛吉的妈妈，你生了她，养了她，如果你说玛吉已经知道，那要再说，粗俗点儿说，那就是多管闲事了。"

这话又惹得卡里重新发火了。

"如果只是怀疑，那是可以容忍的，但现在是事实，已经知道玛吉了解得一清二楚。"

"卡里，既然你母亲说玛吉知道的比你知道的还要多，你去伤害她，让她记起她不愿记起的事情目的何在？"丈夫反驳妻子说。

卡里看着母亲高喊起来："你的意思是说，玛吉知道事情的真相，只是不说出来，自己有苦往肚里咽就是了。"

母亲说："我们不知道玛吉对这件事的反应，卡里。她绝不会说出来的。她跟她丈夫之间发生的事，对我们来说永远是一个未知数。"

"如果我知道有另一个女人跟我共享马克斯,我决不跟他睡在一起。"卡里已是声嘶力竭。

"你看,卡里,"马克斯又插言道,"一切都决定于多方面的事情。你想想看,假设我们的家里有两个孩子,你爱我,希望我干得更好。如果就像现在这样你对我大叫大嚷,很可能我会继续干我的那种事而不回头。所以玛吉肯定知道从妻子的角度如何处理这种事情。"

"不管贾森知道不知道,她都正在忍受一种令人难以置信的情况。"

"也许这是让贾森明白自己正在干一桩错事的唯一方法。"

"妈妈,"卡里已经再也忍不住了,"我要去见玛吉。我已经去过了,但是只给了她一些暗示,这次我要把事情给她讲得清清楚楚。"

"我会反对这样做。"丈夫对她说。

"我也决不同意。"母亲说。

但是他们无法说服卡里。

所以,第二天,礼拜一,下半晌卡里就离开实验室,开车去了玛吉家。

孩子们不在家。

从幼儿园里接出迪亚娜之后,小姐带他们去看电影了。

家里显得安静而神秘，正面墙上挂满了常春藤。

花园中静悄悄的，只有远处园丁在默不作声地修剪着花坛。

大门关着，卡里只好按了门铃，过了一会儿一个穿着制服的女仆才出来开门。

一看到卡里，女仆就认出来了，于是立刻让她进去，并且说道：

"夫人在大厅里读书。"

"先生还没回来吗？"

"他要很晚才回来。"女仆对她说，一边接过她的外套，并且指给她去大厅的路。

她看到玛吉陷在壁炉前的沙发里。

那是她喜欢的地方。

就连贾森回来的时候她也喜欢待在那儿两个人聊天。

当然，他们继续像往常一样聊他们的事情，也跟往常一样亲热。

虽然她知道有点什么不像以前那么正常，但是她更多的是从贾森的目光中看出了一丝忧郁。

那似乎是贾森在为点什么而自责，她也在猜想其中的原因。此外，母亲的亲自造访也已经把事情给她挑明了。

但是她宁愿不把事情弄得一清二白。

把事情弄个水落石出完全于事无补。

她了解贾森,虽然她怀疑有点什么不正常,但是有一天一切会恢复正常的,或者贾森亲自对她说他要跟她离婚,但是对此她决不答应,因为她不相信她的丈夫爱另一个女人会爱到抛弃妻子的程度。

在她的思想里这是不可能的。

看到卡里出现在门口她很激动。

不由自主地颤抖了一下。

她了解卡里,知道她每天都很忙,看到她那个时候来访,她想没有任何人的力量能堵住她的嘴。

她爱卡里,但是卡里由于她暴躁和冲动的性格,有时候有点粗野。

"卡里!"玛吉喊道。

她忽地站了起来。

卡里走过去吻了她的双颊。

她感到玛吉的双颊冰冷,于是便用刚刚脱去手套的手去亲切地抚摩她。

"你身上冰凉,在壁炉边这有点怪,你怎么啦,玛吉?"

"身体凉为什么一定要有什么事?"

"什么事也没有吗?"

"坐下吧,卡里,真想不到你这个时候到这儿来!"

"我是来看你的,就是来看看你!"

"是吗?"

但是她没有问她来看她的用意。

但是卡里却是一定要告诉她。

不管她母亲和马克斯怎么说,也不管玛吉在她丈夫面前怎么装傻,她对这件事就是受不了。

而且,如果玛吉已经知道了实情,就应该一五一十地告诉她。

她跟玛吉不是一般的姐妹。

她们是亲得不能再亲的姐妹。

她们一直心心相印,从不向对方隐瞒什么。还有,在她度蜜月回来的时候,她把自己的体验向玛吉和盘托出,而玛吉度蜜月回来的时候同样如此。

为什么现在对一件如此重大的事情却要遮遮掩掩?

十

"如果你想喝的话,我让人送两杯茶来。"当姐姐在她身旁坐下来的时候,玛吉对她说。"我现在也正想喝呢。"

"不,玛吉,我待不久。所以,我到这儿来只是想问你一件事。"

"请讲吧,卡里。"

她的声音有点颤抖。

但是卡里不是妈妈那样的心理学家。

也不是那么谨慎。

我们已经说过,卡里的冲动性格往往使她做事难以自控。

"我不知道该用怎样的话语把我想告诉你的事表达出来,玛吉。我举个自己的例子吧。比如说,马克斯背着我,去跟另一个女人取乐。"

玛吉眨巴了一下眼睛。

"这一切决定于你爱他爱到什么程度,不是吗,卡里?"

"即使我爱他爱得发疯,也不能容忍他这样做。"

"但是,至少,"玛吉缓慢而柔和地说,"你应该等等他的反应,应该等到他意识到他跟另一个女人的事只不过是一时的取乐而已。"

"那么说,如果你遇上这样的事就是这样处理了?"卡里冒火了。

玛吉没有立即回答。

但是,当她回答时,声音是坚定的。

"你看,首先我宁肯是不知道。"

"但是如果有人告诉你,并且表明他说的是事实……"

玛吉的回答打断了卡里的话。

"我决不会感谢他。"

"玛吉!"

当她喊出玛吉的名字的时候,她想起了她们两个人的妈妈。

就是说,妈妈的话是对的。

玛吉知道这件事,可她不想知道。

玛吉不愿意她跟她谈"那件事"。

为了很准确地证实这一判断,她听到玛吉用她那永远不变的温柔的声音说:

"当两个人结婚之后,他们的关系是如此的亲密,所以任何人都不应该介入他们的事。我决不介入任何人的生活。"

"就是说，如果你知道马克斯有一个女朋友，你也不会把事情告诉我了？"

"你看，卡里，你看。我们冷静地来想一想。如果你来问我的话，我会告诉你的。但是，要告诉你你已经知道的我所猜测的事情，或者说你凭直觉感到的事情，那我是绝对不干的。"

卡里一下子愣住了。

她看了看自己的前方，信手点起了一支香烟，而玛吉则是以她特有的温柔，伸手把那支香烟从卡里嘴里拿下来放到了自己嘴里。

她们经常是这个样子。

卡里只好又重新点了一支，急忙地吸了几口。

"有些事情，"玛吉以非常平静的语调说道，"在一些日子里激情澎湃，但是过后就像是非常讨厌的东西那样消失了。应该考虑到家庭的因素。我不相信一个有常识的男人会为了一时的诱惑而放弃自己的家庭。"玛吉似乎不是在讲自己的事情，但是卡里知道她的目的何在。

"玛吉，同一个那样的女人共同分享一个自己所爱的男人的生活肯定是非常艰难的。"

"你不要这样认为，那个女人可能暂时跟那个男人在一起，但由于那个男人爱他的妻子，他不会拿那个女人太当回事，我是说,那个女人只不过是个影子。"

卡里咽了口唾沫。

她无法跟玛吉开门见山。

直奔主题绝对不可能。

那就等于强加于玛吉。

难道玛吉的态度没有表明她甚至比她知道的还多吗?

如果她不想知道详情,她又何必多管闲事给她说清楚呢?

"两个人的生活是神秘的,"玛吉继续温和地说道,"是一种两个人应该单独体验、单独处理的事情。外人插手非但于事无补,反而会妨碍事情的解决。另外,我认为家庭的温馨最终会使外边那些肮脏龌龊的感情结束。"

"但是,叫我说,一个男人偶然跟一个女人的交往并不那么可怕,可怕的是他某一天有一个固定的女人。他跟她同居,这样的交往会产生感情,会变成一种习惯,会……你已经知道……"

"也或者最后那种烈火会熄灭,家庭之外的那种情感几乎从来都不会太持久。"

没办法。

一切都无能为力。

卡里感到她口中的烟是苦涩的。

她不能认为玛吉是个笨蛋,也不能认为她是个傻瓜。

既然不能这样认为她,听到她讲的那些话,应该怎样来看她呢?

因为,当然了,认为她说的都是些老生常谈是荒谬的。

她可能说一些大道理,实际上,表面看来她就是说的一些通常的大道理,但是卡里知道玛吉说的是她自己。

"有一天火焰燃起来了,它会燃烧一段时间,"玛吉依旧语调轻缓,"但是最终它会熄灭的。然后男人又回到家来,比以前任何时候都更爱他的家。"

"有这个可能,但也可能发生的事情完全相反。"卡里动怒了。

"你看,这就像一个人大发雷霆,大喊大叫,而另一个人却一点也不生气,说话仍旧温文尔雅,那个大喊大叫的人最终会变得可笑,慢慢地消了怒气。"

"你讲的这些事跟感情没有任何关系。"

"感情是一种太深奥的东西,多年积累的感情,不可能几天就消失了,卡里。"

"这是你的想法。"

"因为我认为你的看法不对。"

卡里几次想爆发。

但是她不能。

她太爱她的妹妹玛吉了,而妹妹在用一种隐蔽的方式迫使她不要再说下去。

她有什么办法呢?

站起来,走掉,去把发生的事情告诉马克斯,马克斯会笑她,对她说他说的没有半点儿错,她妈妈也说得完全对。

"很遗憾你不跟我在一起喝茶,卡里。"玛吉还是很温柔地说。"很久我们没有这样单独在一起了,我真愿意我们相互谈些事情……"

谈些事情?

什么事情?如果连一些重要的事情似乎都不想触及,还有什么事情好谈?

"我想你工作会很忙,马克斯也会很忙。"

"是这样。"卡里回答。

当过了一会儿她从玛吉家中走出来,戴着手套的手紧紧握着方向盘的时候,她想道:

"玛吉是个傻瓜吗?"

当然不是。

既然她明白她不是个傻瓜,她干吗那么温顺地对待丈夫的事情?她的用意何在?

难道她不怕贾森深深爱上他的情人的危险吗?

玛吉一个人待下来的时候,目不转睛地凝视着壁炉中的火苗。

她的蓝色(原文如此,应为绿色)的眼睛似乎突然变成了黑色。两行泪水静静地从面颊上流下来。

但是,当她听到丈夫的车在花园里停下来的时候,她一把将眼泪擦干了。

她站起身来,整理了一下衣衫,梳理了一下头发。

然后她穿过大厅,走到贾森出现的前厅。贾森依旧如往常那样潇洒,那样兴奋,那样幸福。

他既充满活力又充满温情。

对,他充满温情。

充满激情。

她不知道贾森能给另一个女人什么,因为他把一切都放在了家中,都放在了她身上。

"亲爱的。"她说。

丈夫走到她的身边,用两手搂住她的腰肢,紧紧地拥抱了她。

⊙　⊙　⊙

他以他那种特别迷人的方式寻找她的朱唇。

没错,当然了,玛吉当然在她的血液中感到一种冰冷的刺痛。

但是,看到她在丈夫怀中的样子,谁也想不到这一点。

她能期望什么呢?

她不能责备贾森对她缺乏关心。

他躲开她去多佛尔,难道他在那儿有一个……女友?

她从来就明白,忠实,所谓的忠实,贾森从来就没有过。

但是,她从来也没有想过在那些无足轻重的风流韵事中,有一天贾森会对另一个女人产生真正的爱情。在这方面她没有看到任何迹象。

贾森还是从前的贾森,有时候他有点心不在焉,有时候有点犯糊涂,但是他依旧是那样爱她,依旧是对她那样慷慨。

只是为了发泄一通求个痛快,为了自己的尊严,为了让贾森明白她已经知道……她去冒失掉贾森的危险吗?

不,如果是这样的话,她就不得不放弃贾森。

这可不那么容易。

她爱贾森并非只是因为他是一个喜欢时尚的人。她爱他是因为他是她的丈夫,是他生活中的男人,是她孩子们的父亲,是她的伴侣。

她是唯一一个男人的女人,而那个男人就是贾森。

如果有一天他不再爱她,她要把这句话告诉他,而且会一声不吭的接受现实,尽管她痛苦得如万箭穿心。

但是,责备他?向他表明她已经知道了正在发生的事情?这事她决不干!

她的尊严不允许她这样做。

当然了,不管是卡里,不管是她母亲,也不管是彼得,都不会把事情给她说清楚,因为她避免他们这样做。

看看到最后谁是胜利者?是她跟她的沉默、她的爱、她的柔情和她的激情,还是贾森在多佛尔的婚外情。

那个女人年轻?

漂亮?

比她更年轻漂亮?这可能。

但是,没有她安全。不是说她是个虚荣的女人,认为自己独一无二,而是因为贾森显然很爱她。

很显然,每当看到她只有一个人时,他会高兴得跳起来。

还有,当他周一回家来时,她看得出他很恋这个家,对孩子更亲热,甚至对她比平时更是情意绵绵。

当他柔情蜜意地一直拥抱着她走向大厅时,他对她说:"你越来越漂亮了。"

他用他的嘴唇抚弄着她的嘴唇。

玛吉也是柔情似水。

她是个傻女人吗?

在卡里看来肯定是这样的。

但玛吉自己认为不是。

她是在千方百计地挽救这个家,争取她的丈夫,把他留在自己身边。

有人能责备她这样做吗?

"亲爱的……"

他把她放开一点，看着她的眼睛。

"玛吉，今天晚上你想出去走走吗？"

"我还是喜欢我们在大厅里亲热，或者是在我们的卧室里，贾森。"

他狂热地吻了她。

"对，对，当然了，玛吉。你说得完全对，没有比在家中再好的了……"

他把她抱向长沙发。

可以听到孩子们不想洗澡的喊叫声。

但是他们毫不理会。

小姐会让他们听话的。

"他们就像小山羊。"贾森把脸埋在妻子的脖颈中说道。

她举起了一只手。

那只手是如此的美丽而高雅，贾森真是太喜欢它了。他的脸从脖颈中露出了一半，那纤细的五指轻柔地抚摩着它。

"外面的人都很喜欢你吧，亲爱的贾森！"

"离开你几个小时，就像是几个世纪。"

他在撒谎吗？

不是。

她知道他说的是真话。

卡里和她的母亲爱怎么想就怎么想吧。

她知道在那一时刻贾森说的是心里话。

她感到他的心贴着她的身体在激烈跳动。

他脸上的汗水流下来，散发出香气。

他满脸激情洋溢，长时间地吻着她的双唇。

为了挑明丈夫生活中的一件男女之情而破坏那种亲密？

除非她不再是玛吉。

然而，玛吉就是玛吉。

十一

海伦在房间里焦急不安地来回踱步。

她怒不可遏。

事情并不像她希望的,或者说她盘算的那样发展。

贾森去多佛尔并不多。

热情在他身上逐渐消失了。

她也从未怀过太多的幻想,但是至少她认为事情会持续得更长久些。至今她也不明白为什么自己会这样想,因为她早就听说过贾森这方面的行为。

当然,她并不是盲目地接受了他。

他也并非是她生活中的第一个男人。

也不是贾森诱奸了她。

她真是太愚蠢了!

但是,她对自己了解的是一回事,而贾森想的又完全是另一回事，或者说她让贾森想的又完全是另一回事。

贾森整个一周都没有来，而最后两次来的时候，也只是送了她点礼物。

碰都没碰她一下。

在贾森跟他妻子的关系上，海伦也没有受骗，她清清楚楚贾森爱他的妻子。

贾森跟她的关系，只不过是一种癖好。但是如果贾森认为送点礼物、说声再见、在汤普森公司给她提升一下就可以随随便便地扔掉她，那他可就想错了。

她可不像他的那些前任女秘书那样省事。

她停止了踱步，在一张大沙发椅中坐下来。

她环顾了四周。

那套房间很可爱。

为了实现自己的目的，他把那套房间精心装饰得无可挑剔。但是她从来不会受骗。

她知道贾森很有钱，为了不让一些琐屑之事来打扰他，他总是这样做事。但是他从未想过把那套房间筑成他的爱巢。

荒唐极了！

但是她也绝没有爱上贾森，道理很简单，从一开始她就只是想利用他，不会把真正的感情投入那场游戏。

一切都需定出价格，都要反复衡量，她要把利弊看得清清楚楚。

但是她从来没有想到事情这么快就结束了这也是真的。真的没有想到。

从汤普森那只老狐狸看到她跟他的儿子接吻才过了几个月？至多也就两三个月。

此外，就在那一天，她在办公室里得到消息说她的职位晋升了。

这晋升是什么意思？还有上个礼拜送的那件皮大衣？

噢，原来是这么回事。

半告别性质。

不，不行，事情不能就这么了结。

贾森想这样简简单单地断绝关系，他真是昏了头脑。

事情没有那么简单，它有太多的奥妙；她不怕吓唬，也不怕失掉工作，失掉了她可以再找一个。

但是，贾森必须慷慨解囊给她钱，给她许多钱，否则她就要干贾森最害怕的事。

把事情告诉他的妻子玛吉。

让他的妻子怀疑他干的那种事……

由于贾森爱他的妻子，他决不愿意在她的眼前变成一个滑稽小丑。

对，两条路：要么留下，要么掏钱。

要结束那场爱情游戏（或者叫别的什么）吗？

同意。

她不会去怀念他，世上的男人多着哩。

但是你要了结，我就来一场讹诈。

我们来看看双方谁是赢家。

但是事情要慢慢来，要冷静处置。

要等待。

也许那个礼拜由于工作的原因，贾森不管是在工作日还是周末都没有去。

这她也能理解，但是她认为，即便如此，也应该打个电话来。

因此，她决定弄清是怎么回事。

她不是那么胆小的人。

因此，她拿起话筒，拨通了贾森家的电话。

他的妻子会怎样反应呢？

喊！她在社会杂志上多次看到过她。

那是一个十分高雅、年轻、漂亮的女人。

当然，可想而知贾森会怎样待她。

他非常地爱她，或者根本不把她放在心上。

她听到电话一直在响。

她耐心地等待。当然，她不会说粗话，但是她一定要知道贾森在哪儿,因为是周六,他没有去找她。

毫无疑问,她不会直不棱登地去问,而是只问汤普森在不在,然后就看他怎么说了。

⊙　⊙　⊙

她几乎从来不接电话。

但是在那一刻,电话就在她的身边响个不停,她听到贾森正在花园里跟孩子们玩耍。

他至少已有两个礼拜没去多佛尔了。

他感到厌倦了吗?

她心中闪起了一道希望之光。因为为了留住他,她释放出了空前未有的激情和柔情。但是,当然,她没有明显地表示出要留住他,而只是用她的柔情蜜意把家中搞得更温馨舒适,也或许是在不知不觉中唤起了丈夫的良知。

"哪一位?"

对方没有说话。

因此她又坚持问道:

"哪一位?汤普森家。"

"我能跟汤普森先生讲话吗?"

"儿子还是父亲?"

"儿子。"

玛吉咬了咬嘴唇。

是那个女人吗?

难道她竟敢打电话来?

她想借口贾森不在不让他接电话。

但是,不。

要么做一个诚实的人,要么对谁都不诚实。

她在拿自己的幸福冒险,但是必须冒这个险,因为她要得到全部的幸福,而不是得到一半,所以必须要面对现实。

而现实就在那儿,在一个女人的声音中,肯定就是这个女人把贾森拉到多佛尔去的。

"请等一下。"

"请问您是哪一位?"另一端的声音问道。

玛吉没有回答。

但是她说:

"我给您叫汤普森先生。"

然后又柔和地补充道:

"请问您是哪一位?"

"我是……多佛尔。"

"请等一下。"

她把听筒放到桌子上。

她走近大窗户。

她已经明白了,一切都明白了。在一个周六,多佛尔的办公室里没有任何人,这就是说,那个打电话来的女人就是最近几个月把贾森拖到多佛尔去的女人。

"贾森。"她喊道。

丈夫停止了在地上跟孩子们爬着玩耍。

他扬起一点头来。

"什么事,玛吉?"

"你的电话。"

"什么?"

"你的电话。"

"谁打来的?"

"说是多佛尔。"

她看到他站起身来。

他有点紧张。

然后,她注意到他有些结巴:

"玛吉,告诉了你名字了吗?"

"没有,只说是多佛尔。"

"男的吗?"

"不是,是女的。"

"就说我不在。"

"我没有这么说,贾森,我说你在。"

她看到他在犹豫。

然后,他离开孩子们,从花园里走来,脑袋耷拉在双肩之中,似乎突然变老了。

他走进大厅,她默默地把听筒递给他。

然后,她悄悄地走出去,背后是贾森沉思的目光。

他爱她。

他爱她的沉稳,爱她的温存,爱她在可以知道或怀疑的事前保持沉默。

或许她什么也不怀疑?玛吉就是这样,因为她是玛吉。他也不能认为玛吉在怀疑什么,他没有这样想,因为玛吉对他是激情如火,柔情似水。从他们恋爱时期起玛吉就是这样,而且从未改变。她过去是这样,肯定今后仍旧是这样。

尽管贾森周末不在家,她从没有一句责怪的话。当她看到他归来时,脸上依旧是洋溢着热情的微笑,眼里依旧是闪耀着兴奋的光芒。

她依旧是充满激情地投入他的怀抱。她让那个家充满了温馨,充满了甜蜜,充满了理解。

因此,每次去了多佛尔回来时,贾森都感到自己十分的肮脏,万分的愧疚,在接触自己的妻子之前,他都是洗了又洗,擦了又擦,唯恐把他女友身上那种不道德的东西传染到她的身上。

由于愤怒,他的良知沸腾起来。就这样,他渐渐地不再想海伦了。已经没有了那种嗜好,没有了那种对性的渴望,什么都没有了。

那一章已经掀过去了。

那本与他的生活有点关系的账目在不知不觉中消失了。

他对她已没有丝毫的欲望,他也不知道这种欲望在他身上是何时消失的。也许是因为他越来越看重家庭亲情的完美无缺?也或许是因为年龄的逐渐增长那种罪过的激情之火已不再那么旺盛?也或许是,更好一点儿说,是因为他越来越敬慕自己的妻子、越来越爱自己的妻子?因为他认为妻子的贤惠达到了极致,一个男人在生活中所要得到的一切她身上无不具备。

但是他必须回到现实。

他猜想海伦之所以大胆地打电话来,是因为他长时间没有去多佛尔。

他不是已经提升她了吗?他不是已经寄给她一件皮大衣了吗?如果她愿意,她可以继续住在公司的套房里,但是她不能要求他再吻她,不能要求再去看她,不能要求再照顾她。

对于海伦,他已经不存在了,因为他从来没有中止过爱自己的妻子,从来没有减弱过对妻子的欲望。当离开海伦的时候,他感到自己是卑下而肮脏的。

他怒气冲冲地抓起电话听筒放到耳边。

他的声音嘶哑而冷淡:

"请讲……"

十二

"贾森，"海伦的声音也毫不客气，"我想一次提升和一件皮大衣并不等于告别吧。"

"我想是告别。"

"我为你感到遗憾，贾森。我在多佛尔等你，希望你不要不来。关于那件事，我们还得再谈谈。"

"你说什么？"

他看了一下周围，担心玛吉在听他。

但是，没有，门在关着。另外，由于他是站着接电话，面对着大窗户，他看到玛吉正在花园里跟孩子们玩。

"我是说我跟你的前任女秘书们不一样。我不会闭口无言，我也不会迷上在你企业的晋升，一件皮大衣也不会蒙上我的眼睛。我到处都可以找到工作。我对拥有一件你寄给我的那种皮大衣没有任何兴趣。我担心你对我是想错了，贾森。你必须来见我,否则我就去你家……"

贾森不由得打了个寒战。

让玛吉知道他那些越轨的事会使他发疯,也使他真正地害怕。

不,不,决不能伤害玛吉。

难道那个女孩子疯了吗?

他跟他的前女秘书们有很多男女之情,但是大部分都是顺利地结束了那种游戏。在认识他以前,那些女秘书没有一个是女圣人,她们都知道他已经结婚,他爱他的妻子,跟他妻子情投意合。为什么那个愚蠢的女孩却跟她们不一样?她想要他干什么?难道她想利用他的影响得到他的企业的经理职位或国家的总统职位吗?

天哪,这太过分了!

但是他还没有意识到缠到他身上的整个那件麻烦事的严重性。不过他看出了那个女孩的话并不是开玩笑,她真的敢到他家中来。

他把手指插进衬衫和领带之间,触到了绕着脖子的领带。

他把领带扯松,似乎突然感到领带勒得他透不过气来。

"喂!"他说,甚至没有叫她的名字,"我从来没有骗过你,你很清楚你进了什么地方,也很清楚自己干的事。你不是小孩子,我不是诱奸你。我对你没有任何强迫,因为我从来不强迫人做事。我不是流氓无赖。我问你愿意不愿意,你痛痛快快地答应了。现在我告诉你,我们的事情已经结束了,你不要还说你爱我。"

"如果我不这样说,那我是不真诚的。但是,至于说我们的事情要结束,我完全同意。但是不能按你说的结束,而是要按我说的结束。"

啊,一场讹诈来了。

海伦不是傻瓜,不是好惹的主,不那么简单。她是一个难以描述的野心勃勃的女人。他在跟她发生男女关系之前,应该看清这一点。

他深深地喘了口气。

"好吧,也许你希望改善你的经济地位,但是这件事我们在下周谈,具体地说就是周四。我去多佛尔,专门跟你谈这件事。"

"你可听好了,贾森,我只等到周四。如果你改变主意不来,那我就不得不非常遗憾地跟你妻子讨论这个问题了。"

"你是个疯子……"

"我可不是疯子。在这个世界上你最爱的是你的家,你的妻子,你的孩子。你无论如何都不会放弃他们。我非常清楚你的感情在哪儿,我知道我对你意味着什么。但是我也要让你明白,你对我就是意味着金钱。像我这样的人,我不会去爱一个对妻子爱得发疯的已婚男人。你之所以来看我,只不过是为了满足你一个有钱人的癖好。那么你必须为你这种癖好付出高昂的代价。我猜想在用你的温馨的家庭幸福还是用金钱二者选一的偿付方式之间,你是选择后者的。你会看到我的嘴可是没有把门的。我不是一个多情善感的女人,既然我没有爱上你,现在在谈到经济问题时,我就跟你不会留情了。"

"可是……"

"周四我等你。"

啪,电话挂了。

贾森没有立刻作出反应。

他无法作出反应。

付点钱倒是小事,但是那个女人可不是善主,她很可能会要一个天文数字,否则她就会去找玛吉说事。这就是说要破一笔大财方能堵住她的嘴,因为显然她是一条最毒的毒蛇。

他没有马上离开大厅。

他感到浑身无力。

如果他把真情告诉妻子,事情会是怎样的?

不,决不能这样做。如果这样做,就会失掉她的赏识、她的感情和她的尊敬。此外,她会怎样想他呢?会认为他是一个肮脏的骗子、恶心透顶和卑鄙的小人吗?

过去从来没有一件跟女人的事让他这样伤脑筋。不知道为什么,几天前,当他提升了她,并且寄给了她一件皮大衣时,他就想到了那绝不会买到那个女人闭嘴了事。

玛吉看到他从大厅里走出来，以为他要对她说有一件预想不到的事要他去多佛尔。但是，没有，没有，贾森似乎一下子变老了，他受到了最大的伤害，千方百计地企图表现出冷静的姿态。但是他无法表现得平静，或者说他不知如何表现得平静。

她装作什么也没察觉，而且加倍地对他表现出温存和关心，甚至温柔地同他开玩笑。

然而贾森打不起精神。

他的微笑只是勉强地停留在嘴唇上。

他能发生了什么事呢？

那个深深地伤害了他的女人到底跟他说了些什么呢？

因为，当然了，认为贾森爱那个女人，不管那个女人是谁，她认为都绝对是不可能的，因为贾森全身心地爱着这个家，爱着她，爱着孩子们，总之，他对这个家情深意切，认为他爱上另外的女人那真是天下最荒唐滑稽的事。既然他不爱那个女人，又是什么事让他茫然不知所措呢？

在那一天剩余的时间里，他都变成了另一个人。

和蔼可亲，没错，在那种和蔼可亲的背后，似乎有一种内心的斗争在千方百计地企图压垮他和隐藏他。

这种情况不仅仅是那一天，而是持续了整个星期。

如果她的公公在家的话，她会跟他谈谈这件事的。

但是，她不会跟妈妈谈，她不愿意让她不安和不悦。她也不会跟卡里谈，因为卡里对一切都看得过重。但是彼得是个很现实的人，愿意帮助人，而且能够解决问题。此外，她非常信任他，而且她发现贾森不管是出于什么理由，很需要向某个人倾诉一下内心的痛苦。

但是，上个星期彼得乘着他的游艇去旅行了，而且她估计他要在海上旅行一个月左右。

周四，贾森从办公室给她打来电话。

"玛吉，我得去多佛尔，但是今天就回来。"

又是多佛尔的事？

她发现贾森的声音中有点儿逞强的意思。

"这件事不会费太多的时间，玛吉，你会明白的，对吗？"

"当然，贾森。"她说，尽管她不明白，她太不明白了，但还是这么说。

"我晚上回家吃饭。"

"好的，贾森，路上开车小心。"

"好的，亲爱的，"然后突然间让人意想不到地说道，"玛吉，我爱你，你知道吗？我一天比一天更爱你。"

她知道。

如果他那么说，就说明他还爱她，并且比他说的更需要她。如果他感到不安，而且他肯定感到不安，那就说明他去多佛尔跟生意没有任何关系。为什么他还不能坦诚地把事情跟她和盘托出呢？

那是因为事情涉及她本人。

难道是贾森以前经常去多佛尔见的女人在威胁他或者是讹诈他？

应该想到这一切。

于是她当时只是说：

"我也爱你，贾森，非常爱，非常非常地爱……"

"谢谢，玛吉，你真好。"

她怀疑发生了不正常的事情吗？

当然，那个女人打电话来可不会是什么吉利事情。

应该是件很痛苦的事。

无疑是件伤害他们夫妻双方的事。

伤害他，是因为他肯定是打算用金钱买到她的沉默。

伤害她，是因为贾森无论如何也不愿她知道他的外遇……

也许她丈夫正在遭受的精神创伤对他起到了前车之鉴的作用，他不会再去跟女人像互相馈赠那般玩弄虚假的爱情了。

但是，如果事情仍处于延续之中，贾森还处于精神紧张状态，无疑她就不得不介入了。

她一个人介入吗？

唔，是的，就她一个人。

如果只是她一个人受到了侮辱,那么就必须她一个人帮助贾森。

看在上帝的分上,她要帮助他。

十三

贾森连他多佛尔的办公室都没有去,就直接去了海伦住的套房。当那个女人给他打开门时,他觉得在这之前他从来没有见过她。另外,他认为简直没有可能有过那么一天他曾为了这个女人浪费时间,并且侮辱着他的妻子。

但是,这个女人就在他的面前。这个女人不是一个精明谨慎的秘书,甚至不懂得廉耻。她是个令人难以置信的野心勃勃的女人。他对她会向他提出怎样的要求心中已经有数。

他本来可以要他的律师来处理这件事,但那不是解决问题的办法,因为对海伦来说,律师只不过是一些提着黑色公文包摆臭架子的人,他们不可能用威胁来买得她的沉默。再说,他们的威胁也缺乏任何基础。

此外,即便律师们能让海伦不到他的妻子面前说什么,事情依旧很危险。他了解那样的女人,当一个女人堕落到了卑贱的地步，她的卑贱是会深入骨髓的。显然，海伦就是这样的女人，她一直在利用他。

"请进吧，"她面露喜色地邀请道，"我已经看到你是很守时的。"

"我准备半个小时把事情处理完，你要多少？"

"何必那么急呀！"海伦开心地笑了，仿佛是在为他在面对妻子露出的窘境而幸灾乐祸。"我一点儿也不急。我既然让你进来，就劝你还是冷静点儿，请坐吧。"

他当然没有坐。

他死死地盯了她一眼。

"我想在半个小时内把事情处理掉，一分钟也不能多，说吧，你要多少？"

"既然你那么着急，我也就直奔主题吧：我要这套房子、一辆折篷汽车、经理部一个月薪四千英镑的职位，而且直到我主动解除合同为止。不用说，还要一笔不少于五千英镑的现金。"

没有，他没有一下子坐下来。

他看了她一眼，仿佛是海伦瞬间变成了疯子。

他企图缓慢地坐下来，但是并不那么容易。

他的脑袋像是炸开了。他想象着海伦已经走进他的宅邸，打听他的妻子在哪儿；想象着玛吉痛苦的表情和她那绿色的、美丽而纯洁的眼睛盯着他放射出的光芒。

他强迫自己表现出耐心。

"如果我拒绝这一切呢……"

"那结果你已经知道。你很敬重你的妻子,她把你看成圣人,一心一意地管好家,管好孩子。当然,我十分清楚家庭在你心中的分量……这种分量在你心中是难以描述的。你决不会让我这样一个女人把你那些见不得人的事到你妻子面前抖搂出来。因为我不会弄错,除了爱情之外,你希望得到她的仰慕和尊重。我不认为在知道了你跟我以及跟你的前任女秘书的关系之后,你的妻子会原谅你。"

他坐下了,因为他再也站不住了。

当然,没有父亲的支持和公司支持,贾森是无法满足海伦的要求的。数以千计的英镑可不是像玩什么弹子游戏,而且那套房子也是属于公司的。当然,一辆折篷汽车和几千英镑不是什么大事,但他绝没有力量满足那个姑娘提出的全部数额。

他把话就这么说了。

说话的声音既坚定又带点嘶哑。

当然,他着重说明了他对妻子的爱和敬重,而且还谦卑地说他没有想到要欺骗妻子,因为他对她的爱胜过爱世界上的任何人。

他说呀,说呀,左说右说,还是没有让海伦心软。相反,她越是看到他悲伤就越觉得自己胜利在握。

"贾森,"她直呼他的名字说道,"我给你五天的时间让你作出具体回答。"

"你想想,我会让你把事情告诉我妻子吗?"

"当然了,我问你,你愿意事情这样发生吗?"

"不,不。"他把手指插进头发里,仿佛是突然间头发毁了他。"我不会同意的。我爱玛吉。我越是看到你卑鄙就越爱她。不错,我玩了一场游戏,但是这场游戏已经玩完了。在这类游戏中,我一向是胜利者,不想这次却遇上了你这样的女人。但是,我看,有一天你会绊到一块石头上摔倒在地。不,海伦,让我想一想。为了让你不把事情张扬出去,你向我要的代价太高了。再说,像你这样的一个人,我以为你也只是暂时的沉默。拿到钱后你会任意挥霍,当我跟我的妻子更幸福地生活在一起时,你甚至会反过头来重新敲诈我。"

"你不要那么生硬地给事情下结论。"她笑了,把他送到门口。"你有两种选择:要么你自己把事情告诉你妻子,要么让我来告诉她。当然,也有第三种选择:拿钱来封我的口。"

"这么说,你是甚至不尊重一个有两个小孩子和一个忠诚而通情达理的妻子的家庭幸福了。"

"不错,这我不管,这一切与我无关。自你爸爸撞上我们接吻、你把我打发到多佛尔来以后,我就什么都不在乎了。当然,即使你不这样做,没有把我打发到这套房子来,要让我保持沉默,我要的价钱也是同样的,因为从一开始我就知道,你从来没有放弃过对你妻子的爱。你爱她爱得那么深,为了不让她在别人面前或者在你自己面前受到侮辱,你会不惜一切代价的。你为了她会不顾任何人。但是你却没有想到,你已经侮辱了她,她决不会原谅你对她的这种侮辱和冷落,其结果就是她要跟你离婚,而你则为此而发疯。"

"闭嘴,你不知道你在说些什么。你在让我产生一种绝望的冲动,我会掐死你的。"

"你不会这样做的,"她把门打开,"如果你掐死了我,你也就完了。可你太爱这个家了。为了这个家,你不会毁掉自己,也不会毁掉她。你会拿出钱来,我等你五天。"

贾森慌慌张张地走了出去,仿佛身后有千百个魔鬼在追赶他。

⊙　⊙　⊙

除非玛吉是个傻瓜——当然她不是——,傻瓜才不会发现丈夫在遭受着内心的煎熬。

她没有入睡。贾森窝着一肚子火从床上爬起来,他以为她已经入睡了。他走出房间,她听到他一连几小时在过道里走动或者到大厅去。

就这样一连三天。

她跟他同样地难过,但是她默不作声。贾森一天天消瘦下来，他睡不着觉。

他的眼圈变黑了。

玛吉作出了一个决定。

当然，贾森不是不爱她。恰恰相反，他对她充满了柔情、渴望、激情和体贴。但是她感到内心中有点什么受到了伤害，而且无疑是一种非常严重的东西在伤害她。

她也知道他没有再去多佛尔，那件事已经中断了。其证明就是她母亲来看过她，母亲那无限的柔情本身无须语言便表明贾森已经中断了同那个女人的关系。

作为妻子，她比任何人都更清楚这件事。但是她也知道贾森还有点什么事，而且肯定还是件非常严重的事。

因此她作出了那个决定。

她在一本《城市指南》上找到了公公游艇驾驶员的家庭地址。

她需要公公。趁贾森不在家的时候，她同那个游艇驾驶员的妻子取得了联系，通过她了解了公公的旅游路线。她马上发了个电报，电文很简单，但是足以让彼得·汤普森立即返回港口："我需要你的帮助，玛吉。"

回答同样立即用电文传来：

"我明天上午到达港口去看你，彼得。"

彼得第二天真地站到了她的面前。他用询问的目光看着她，圆顶帽还没有从头上摘下来。

"你让我大吃一惊,玛吉,出了什么事?"

玛吉的眼圈湿润了。

"您看,爸爸,我非常爱我的妈妈和姐姐,但是有些事我不能跟她们商量,相反,我需要把事情告诉您。"

"你让我害怕。"

"贾森正在遭受极大的折磨。"

彼得皱起了眉头。

"你说什么,玛吉?"为了争取时间他这样问道,他以为儿子又出了另一件拈花惹草的事。

"彼得,不是像你想的。"

"啊,可是,你知道我在想什么?"

"知道,你不要跟我讲贾森的任何事,我全都知道。"

彼得坐下来,脱掉帽子,搔了搔脑袋。

"不过,在贾森的生活中,至今没有过分严重的事情。"

"你是说……"

"爸爸,我是说,我觉得贾森正在遭受一桩敲诈。"

"玛吉,"彼得的声音几乎变了,而且发出哨一般的尖利声音,"你一直都不知……"

玛吉打断了他。

而且把事情给他摆得清清楚楚,毫不隐瞒。

"我什么都知道……但是无论如何我不愿贾森知道我知道这件事。永远不让他知道，爸爸。"

彼得站了起来。

他无法避免这件事。

他抓住玛吉的肩膀，无限温情地注视着她的眼睛。

"玛吉……你一直默默地忍受这一切……"

"不，不，我过去没有忍受什么折磨。"她温柔地否定说。"但是我现在很难过，因为我知道贾森正在经受一生中最艰难的时刻。不是因为我知道，爸爸，是因为我凭直觉感觉到，就如我凭直觉感觉到你所知道的另外的事情那样。我没有能跟妈妈说这件事。不，不，她自己的事已经忙得不可开交了。我更不能跟卡里谈这件事，因为虽然她非常爱我，但是对于某些人们的过错她永远没法理解。这是您和我的事情，爸爸，因此我鼓起勇气找您。"

"上帝保佑你，玛吉，我向来都认为你是个十全十美的女人，现在我觉得你不仅自己十全十美，而且还启发人懂得什么叫十全十美。"

"您不要责备贾森，因为我爱他。我是那样的爱他，以致他遭受的折磨超出了我能承受的力量，所以我必须避免这件事。您看，爸爸，我以为我看到了这一切的真实情况：他同一个女孩发生了关系……他把她派去了多佛尔。我不知他以什么理由，也不知他是否继续同她保持关系。可想而知,我一直在等待。贾森终于厌倦了她,现在把她甩掉了,我知道事情是这样。可是,那个姑娘不同意分手,或者说,要她保持沉默,她提出的条件太高了。因此贾森正遭遇一场悲剧,因为我担心如果他不满足她的要求,她会来把事情告诉我。"

"你为什么这样想,玛吉?"

"不知道,爸爸。跟我丈夫的事我很少弄错。我在沉默中懂得他生活的每一个细节。每一次欺骗,每一个困难时刻……现在我明白正在发生什么事,我觉得我不会弄错。告诉我,爸爸,您是知道贾森的那些事的。您知道,爸爸,我想错了吗?"

"不,玛吉,"他坦白地说道,"你当然没有想错。你说的那个女孩我是在董事会办公室看到的。她是贾森的女秘书,我想这个女子善于耍手腕……现在是贾森厌倦了她,重新又回到正路上来,他可能终生都会后悔,称自己是笨蛋,因为为了让那个女孩保持沉默,她竟是如此地狮子大开口。"

"唔,我想是这样的。但是我既不愿意贾森受折磨也不愿意他付钱给那个女人……啊,你听,我录了一盘带子,告诉那个女人——不管她是谁——虽然我知道我丈夫有了外遇,但是我也知道他终究还会回到我身边来,没有人会轻易地被欺骗,因为在这桩愚蠢的过错之上,贾森最看重的还是家庭。就是说,我希望贾森不再受折磨,我也不希望贾森为放弃那个女人付一个先令,因为如果她要来找我告状的话,我不会接待她。因为我对一切都很清楚。"

"玛吉,你真的是录了音吗?"彼得似乎处于幻觉之中。

"你听听看吧!"

他真地听了那盘录音带。

彼得想哭出来。

这就是玛吉,一点不错。她是世界上最坚强、最懂感情、最令人感动、最机敏、最难得和最完美的女人。不知为什么,他从一开始就喜欢她。

"我希望您到那儿去,爸爸,把她辞掉,而且不让她再留到公司里,也不要付给她一个先令。但是,如果可能的话,爸爸,看在上帝分上,请您不要让贾森知道这件事……"

"你希望不让他知道你知道……"

"对,是这样,永远不让他知道……"

彼得没有再说什么,就把她拉到身边一连吻了她六下。

"你真是个圣女,玛吉,圣女,对……"

十四

海伦兴奋不已,感到十分地幸福。此外,她作了一大堆计划,盘算着在从贾森那儿得到那笔钱、那辆汽车和那套房子之后如何过她的美满日子。

因此,在听到门铃声后,她急急忙忙去开门。

但是,门打开了,她不禁往后退了几步。

当然,来者不是贾森,而是他的父亲。

精明的老狐狸汤普森。

"你好,姑娘。"他一边进屋,一边打招呼。

由于他还戴着海员帽,这时他有教养地摘了下来。

"我是来给你送我儿媳妇的这东西的,如果你愿意听的话……"

海伦皱起了眉头。

"我要见的是贾森。"

"我想在你见他之前，必须得先见见他的妻子。你这儿没有录音机吗？噢，有，这儿有一个。你先听听这个，然后就爱怎么干就怎么干吧。自然，我也要做我该做的事。我刚签过你在多佛尔的辞退书。当然，你不可能再进入有汤普森家族股份的任何企业。不消说你想见见我的儿媳妇玛吉，她会接待你的……但是，你不要指望在她那儿拿到一个先令。当然，也不要指望从我儿子手中得到一个先令。"

说罢，他就插上了录音机的插销，录音带上发出了清晰而响亮的声音，玛吉说话了。

海伦咬紧了嘴唇。

"就是说，她知道了……"

彼得露出了微笑。

"像所有聪明的女人那样，她了解她的丈夫。一个这样的女人总是等待丈夫对外遇的厌倦，而玛吉就是懂得等待。我以为贾森已经吸取了经验教训，他永远也不会离开他的妻子。你面前有两条路，姑娘，要么你一切摆得好好的马上离开这儿，要么你试试去找一个性格坚强的女人，她只会把这个带子上的内容给你重复一遍。你还有什么要说的吗？"

她还有什么要说的呢？

当然，她完全卡壳了。

但是，严厉而冷酷的彼得还要让她已经破灭的幻想彻底破灭。

"我去了办公室,签发了立即辞退你的文件。对,除了你应得的工资之外,我们不会多付你一个先令。你的工作时间是还差一个月满一年,我记得你是最后一个进入汤普森氏公司的。"

这只老狐狸还能再说什么吗?

是的,他的话已经说绝了。

他用鄙视的眼光看着海伦,收起磁带转过身去。

已经要出门了,他又转过身来平和地说道:

"一种肮脏的游戏,总是有人输有人赢,而几乎总是玩得最肮脏的人输……我很遗憾,姑娘,但是这次轮到你输了。我很高兴知道是你输了,因为是一个正派、真诚、敏感而又懂得爱的女人给了你这次机会……因为我也希望你明白我儿子贾森并不是会那么轻而易举被你敲诈的……我怀疑他有那么蠢。如果你知趣的话,我以为你应该尽快离开多佛尔。当然,你应该首先去经理部拿你的辞退书。工会不会有任何异议,因为……我们已经在付工资上照顾你了。"

就这样,没有再多罗嗦。

问题解决了。

彼得比他儿子精明。

考虑到贾森对玛吉的爱,他也不能指望儿子敢于有另外的做法。

那件事一解决,他重新收回玛吉的录音带,马上登车离开,连多佛尔的办公室都没有去。

他回了伦敦。

他也没有去儿媳妇的家。

他知道她不愿意对这件事多问。

她之所以不愿意多了解情况,是因为她的完美无缺使她对此事感到茫然。

彼得径自去了公司的经理部。

在那儿他见到了贾森。这时的贾森正如玛吉所言,眼圈发黑、身体消瘦、面容憔悴、魂不守舍,受到的伤害几乎使他就要崩溃了。

⊙　⊙　⊙

"我把游艇给你,"彼得一边进屋一边说道,"你跟你的妻子出去旅行,我跟孩子留下来。"

贾森看了爸爸一眼,对爸爸的话摸不着头脑。

彼得没有提玛吉,而是以尖利的声音说道:

"我把你最近的麻烦事解决了,你今后可别再干这样的事,我希望过去的事能成为你的前车之鉴。"

"可是,爸爸……"

"去吧,贾森,"彼得有些不高兴地命令道,"那个海伦已经蒸发了。"

"什么？你说什么？你怎么能做到的这件事？"

"这是我的事。你应该知道，一个老人的经验胜过一个年轻皇帝的智慧。你把那个年轻女人的事情忘掉吧。"

"可是，爸爸，你正在海上旅行呀。"

"这倒是没错，可是我回来了。我以为你又跟别的女子搞上了，我是来搭救你了……"

"爸爸，我向你发誓……我今后决不再干这种事了。我爱我的妻子，爱我的孩子，爱我的家……"

"当然了，"彼得嘟哝道，"这我早就知道，所以才帮助你，你最好今天下午就乘游艇立刻带着你的妻子去度蜜月。"

"你这话是认真的。"

"是的。"

"可是那个女孩……"

"把她忘了吧，她已经被辞退了。"

"你用了什么武器？"

"用了我的武器。一个比你更懂得生活的老狐狸的武器。"

"可玛吉……"

"我想她正等着你邀请她去作这次海上旅行……"

"爸爸，你认为我是个很下作的人，是吗？"

彼得勉强地一笑。

"我认为你是个很幸运的人，贾森。一个被妻子非常爱着的人。这就是一切。"

说罢他转了个身。

走了。

贾森激动地拿起了电话。

他打电话给海伦。

对,对,是给海伦。

他想知道那一切是怎样解决的。

电话没人接。接着他又打电话给他多佛尔的秘书。

秘书马上回答说:

"她拿走了辞退书,别的我就不知道了,汤普森先生。"

他喘了口气。

是好事还是坏事?

他不知道。

但是有一件事他是知道的。

他父亲又把他从跟女人的麻烦事中救了出来,而且是彻底地解决了。

当然,他没有去父亲的家。

他去了自己的家。

他感到玛吉贴到了他的胸部。

他感到了爱抚、愉悦和动情。

这正是他所期望的。

"玛吉,爸爸把游艇给我们了。"

"是吗?"

"你愿意去吗?"

她愿意去。

她贴在了他身上。

贾森感到一阵无限的轻松。

一种无限的平静。

妻子张开嘴吻了他。

那吻深沉而有力。

充满了深情。

又回到了昔日的情景。

对,对,那件事已经结束了。他知道,她也知道。当然,她先于他知道。

晚上,夫妻俩一起走了。

带着他们的箱子。

贾森不知道为什么,他把那个令人愉快的东西紧紧抱在自己的怀中,那是他的妻子。

说是东西?

什么东西?

很多东西,当然了,他们说不清楚。

但是,不管是贾森还是玛吉,谁都不愿提起任何与他们无关的事情。

他们在那里。

在彼得用海员风格装潢的游艇船舱里。

还有什么要说的吗?

是的,他们的第二次蜜月。

放松的蜜月。

谅解、真诚、坚定的蜜月。

过去的事情呢?

已经不存在了。

贾森为拥有她而无比欢欣。

那种愉悦、亲密、令人感动、激情燃烧的拥有……

玛吉寻找他的嘴巴。

没有话语。

话语有什么用吗?

用处不大,或者说没有。

那就是生活。

把从亲密而敏感的妻子身上发现的那些性的激情留在身后。

其他的都让它远去吧。

但是,贾森不知道,永远不知道,妻子的沉默是由于谁。

是的,他跟妻子狂热地体验着他们生活的现实。

大海是蓝色的,天空是透明的,激情是火热的,奉献是毫无保留的。

　　昔日那些风流韵事已是十分遥远。

　　远在天涯海角。

　　它们已经无限远地消失在一个如今已经不存在的世界里……

尹承东

2008年11月12日译毕于

北京海淀区定慧北里亮丽园

君走我不留

一

医生的问话是生硬的。那一尴尬气氛的出现，不仅仅由于妇科医生对她的问话生硬、简短和冷淡，也由于她回答时同样是简短而冷淡的。

"您结婚了吗？"

"没有，我是独身。"

"好，好，"医生让他的眼镜稍稍往鼻梁上滑了滑，透过眼镜架以带点轻蔑的目光望着她，"那么说您尚未结婚。"

迪特·莫拉雷斯意识到她面前的人是个守旧派，一个医生在这类事情上如此表现，说明他是不通人情的。

不过，她并不把此事看得过重。

也许正因如此，她没有正面回答医生的问题，而是轻轻地点了点头，表明他的话是对的。

"那么,您怀孕了。"

当然,这完全可能,她到这个诊所来,正是要解决一个疑问。如今她的疑问已被证实,医生自然会说出这种话。

对事情要冷静处之。

因为,她面临着两种选择。

要么,让孩子生下来;要么,当机立断,扼杀那个小生命。

不用说,这后一种选择不宜在那儿实行,因为那个医生是她偶然选择的,不适合处置一个像她这样的姑娘的事。再说,想到她会选择堕胎,医生也不会答应同她合作。

不过,有另外可以合法流产的地方。此外,是让孩子生下来还是扼杀那一条生命,她尚未作出最后的决定。

虽然她的怀疑被证实了,但这并不使她感到意外,尽管她同达尉·多明戈发生关系是出于偶然。

"好,谢谢。该付多少钱?"

她在屏风后面穿上衣服。医生依旧坐在他的办公桌前,注视着她从屏风上方露出的那张阴沉沉的面孔。

"您想要这个孩子吗?"医生不高兴地问她。

她穿完了衣服。

一件洁白的线外套。一件粉红色的衬衫。一双黑亮的高跟皮鞋。

她,高高的个儿,身材苗条而纤弱,是个迷人的女子。

"她的衣着是第一流的。"医生想。

她戴在一个手指上的戒指在那只细嫩的手上闪光耀眼，同她精心修过的长长的指甲相映成趣。

至于她的脸蛋，比一种单纯的美更为诱人。她一头红发，蓝色的眼睛，直鼻子，一张嘴巴相当大，那充满性感的双唇下包着两排几乎完美无缺的牙齿。

那张面庞对医生来说是熟悉的，而衣着和发饰却不然。当然，找他来就诊的有许多女人，那个姑娘很可能从前已光顾过他的诊所。

"这是我自己的事情。"迪特站在桌子前，只用一个手指按着桌子说道。"该付多少钱？"

医生看了看他面前的卡片。

"您给我的是您自己的名字吗？"

"这有关系吗？"

"我的卡片……"

"请告诉我该付多少钱，我们到此为止了。"

"如果您要堕胎，我可以告您。您要明白，这事我会知道的。"

对待某些事情，迪特是很有耐心的；对待另一些事情，则完全相反。听罢医生的话，她打开手提包，取出几张一千比塞塔一张的钞票放在桌子上。

"如果您愿意收,就把钞票拿走;如果不愿意,就放在那儿。午安!"

"请等一等。"

"不!我来此是让您诊断的。您为我做了我要求的检查,您的任务完成了。"

她没等医生回答,把钱留在桌子上走了。医生想留住她,但又想没这个必要。姑娘不是个新手,不会轻易被压服。介入这件麻烦事不值得,他也没这个意思,再说,那些钱也足以使他不去声张了。

因此,他让姑娘走了。他稍加踌躇,拉开抽屉把钱推进去,随即又关上。尔后,他按了按铃,让另一个病人进来。

与此同时,迪特·莫拉雷斯离开走廊,穿过楼梯平台,泰然自若地走进电梯。

达尉怒气冲天,因为那一天一切都不顺利,好像这还不够,刚才有人又告诉他,迪特给他打过电话。

显然,事情不妙。

他已做好一切准备到马维利亚去。

他的装备已经齐全,旅行篷车肯定也已准备就绪,等待出发。

还好,他将乘他的"兰西亚"轿车走在后边。

"我对她怎么讲呢,达尉?"

达尉叼着烟斗,紧紧用牙咬着。

他摆在床上的箱子敞开着。

箱子里放好了一切。

从衬衣、游泳衣到潜水面具和鸭蹼。

自然,还有卫生用品、手提箱、内裤、长短裤,而外套却只有一件。

一条领带和一件像样的衬衫。

"请告诉她,我去马维利亚时顺便到她家去。可是,我只有五分钟的时间。"

"好的。"

达尉继续做他的事情。

他向周围扫了一眼。

他不认为还需要什么东西,就是说,他带上了必需的一切。马德里太热了,到马维利亚去,顺便去执行一个有意思的合同,这是很值得的。

但是,大概两天之后要开始拍摄。

这将使他繁忙不堪,疲于奔命。

两个月没有干活,突然一下子工作从四面八方涌来,又加上迪特的事。

迪特是个很好的姑娘,可是……是不是有点过分雄心勃勃了?

好吧，这是可以容忍的，他自己也是雄心勃勃的。

不过，他认为他的事业需要这样。

同样，迪特的事业也可能是需要雄心的？不是吗？当然，没有雄心将一事无成。迪特可能会做出一番事业的。

假若他拿出诚心的话，他是可以在他拍摄的影片中为她找到一个角色的。可是，不，迪特不行。她既不想唱也不想做临时演员。如果有一天迪特成功的话，她将成为明星。她也有可能成为优秀的话剧演员，不过，事情并非轻而易举，西班牙可不是制造偶像的场所。

嗯！

米盖尔出现在他的面前。

"她说她等您。她不知道您要去马维利亚。"

达尉停止了往箱子里放东西，他把箱子合上了。

接着，他把钥匙装进牛仔裤口袋，用手背擦了擦顺着前额从头发根下流出来的汗水。

"我昨天也不知道。"达尉疲惫地坐到床上，胳膊支在箱子上，不高兴地嘟哝着。"你没告诉她是昨天人家才要求我去配乐的，对吗？"

"对，最后才定下来的。"

"你是否也告诉了她，为这个影片配完乐后，我还答应了到意大利去为另一影片配乐？"

米盖尔耸了耸肩膀。

"我是什么人,敢去介入你的事?更不要说去干预你的计划了。"

"好吧,好吧!要把所有这些东西搬到汽车上去。不过,先给制片厂打个电话,问问旅行篷车是否出发了。"

"旅行篷车已载着全部器材上路了。一切有关的人都接到通知,明天上午抵达马维利亚。"

"我想不缺什么人了。"

"按您的要求,不缺了。可是,希尔维娅问我她是否可以与您同行?"

达尉半闭上了他那双美丽的眼睛。

那个希尔维娅是个极妩媚动人的姑娘。

为他的配乐,她会唱得相当出色,而且,当一个男人愿意的时候,就可以同她睡觉。她对事情没有任何损害。

可是,约会,不行。

另外,当他把车停到她家旁边时,迪特有可能会看到她。并非是迪特嫉妒或者会做出愚蠢的事。不是这样。可是……应该尽量把事情处理得圆满些。

假若一切顺利的话,事情会延长下去,赚得好多钱。先是在马维利亚,而后是在意大利……墨西哥……人家建议他为墨西哥电视做点儿重大的事情。

拉丁美洲有可能成为收入和经历的泉源。而且顺便……为什么不呢？把和迪特·莫拉雷斯的事搁置一段。

他抬手抚摸着他的漆黑的头发，搔了搔毛茸茸的脖子。

"你告诉希尔维娅，让她乘飞机，坐火车，或骑自行车走。总之，如果她想参加配乐的话，明天早晨我要在马维利亚见到她。"

米盖尔马上照他的话做了。

达尉把关好的箱子从床上拿下来。他听到他的助手在打电话，估计是跟希尔维娅讲话。

但愿如此。

不管他用自己的车带上希尔维娅与否，把这个姑娘搞到手，用不着费太大的力气。世界上有许多希尔维娅。最可悲，天晓得，也许最妙的是，他喜欢所有的希尔维娅。

米盖尔这时走回来说道：

"她觉得哪样去都不合适。"

"那就让她留下来慢慢考虑，或者马上就去。喂，这些东西都装到车上去。下去时，请告诉女门房，不要忘了打扫房间，我可不喜欢回来时看到到处都是尘土。"

"您打算很快就回来吗？"

"即使我迟迟不回来，也要把公寓的房间清扫好。比如说，我十年不回来，"他满脸不快地说，"她也知道在哪儿领她的工资。"

他用眼睛扫了扫周围,尔后走出房间。

他是个高大健壮的男子,皮肤黝黑,黑亮的头发乱蓬蓬的,桂皮色的眼睛。他沉湎于女色,是个典型的放荡不羁的人。

是的,他喜欢女人。这是他唯一的弱点。如此而已。他当音乐指挥,也做其他事,说不定哪一天还会出任电影导演。但是,虽说他有了一定的阅历,还是要从小处入手。他用开始挣的钱买下了那套考究的位于菲律宾大街上的公寓套房。菲律宾大街宽敞、明亮,由于车辆拥挤,颇显喧闹,但房间毕竟是舒适而安逸的。

当然,他买下房子以后,购置了家具,进行了装潢,因为有人这样说过,这些事情是他可以办得到的。

当时,在那儿买一套公寓套房,就像是买下一片原始森林放貂一般。

"一切都好了,"米盖尔返回来,累得气喘吁吁地说,"女门房提醒过了。"

"那么就走吧。"

达尉出了门,走在他的助手前面。

他穿一条牛仔裤,裤子由于时间久和多次洗涤已经发白了。一件蓝色短袖衬衫敞怀穿着。宽阔光洁的胸脯上挂着一枚大奖章,它可能象征一位断头台上的殉难者,也可能象征一位被斩首的圣徒。

一转眼,他上了蓝色的最新式的"兰西亚"轿车,抓住方向盘直奔迪特住的公寓。

他至多在那儿停十分钟。

迪特将会明白那个合同意味着什么……

二

迪特独自一人。

她宁可单独待着。她不喜欢跟她住在一起的同伴梅尔切知道她将对达尉说些什么。

当然,她对自己要跟达尉说的话尚没有十分的把握。一切都决定于无数的因素。

做事不能匆匆忙忙,不能感情用事,更不能绝望。

生活就是这样,那么也就应该这样对待生活。

随便哪个天真的女子都会较她更有眼光。

因为她不能说是个天真的女子,但也不是一个同男子交往生出孩子、为的是给孩子找到爸爸的机灵女人。

当然不是。

一时的失误是任何人都会有的。她也失误了。如此而已。

应当采取补救办法,尽管她还不知道利用何种形式。

倘若她把事情告诉达尉，达尉会很不高兴，无疑，他会同她结婚。

为了这件事结婚？不！

她爱达尉那是千真万确的。但用这个套子把达尉拴住，对她和达尉都绝对无益。他们都没想到过。

但愿梅尔切在电视前一直待到晚上。

她不想对她的女伴透露任何风声。至少暂时不让任何人知道。因此她才去看了那个医生。医生的名字她已经忘得一干二净了。

从医生的诊断情况和卑微举止推测，他只是知道她住的区域，而并不知道一切。诊所坐落在一个难以忍受的僻静地区。医生是个好奇的老头儿。

突然，迪特坐到沙发上，抓起一只点燃的香烟，双目茫然。

她来到马德里才只短短的两年。

她是充满着幻想来到马德里的，但随着时间的推移，她的幻想像肥皂泡似的一个接一个地破灭了。只是在一年以后，由于一个偶然的机会她结识了达尉·多明戈，才获得了一项合同。之后，又得到了不少差事，电视、剧院和某个电影里的小角色……

她的工作从未间断过。

另外，她还参加译制影片，作电视广告，这使她挣的钱相当可观。

对，作广告和译制影片。

她的幻想就落得这个结局，但是，至少她的收入可以维持生活，而且穿得也不错。

成为名人的跳板也许永远不会出现在她的面前。但这并不使她感到奇怪，因为她是个正视现实的人。

问题是不能衣不蔽体地回去。然而，由于那些事落到了她身上……她迫不得已要回家去了，虽说并非真的衣不蔽体。她的母亲只好接受事实……

自然，也可以学完教育专业，取得教师资格，到一个公立学校里去任教。

她摇了摇头，把烟头上的灰弹掉：

这个计划对她没有吸引力。

像她这样一个女人，是不适合从事这类职业的。当她在母亲面前提出时，母亲对此是清清楚楚的。

她的母亲是个出类拔萃的夫人。

无疑，在这个节骨眼上，她将帮助她。

向妈妈道出真情，委实令她难为情，可是……她必须这样做。

她改变了冷漠的神态，漫不经心地审视了一下自己。

她穿着带有斜口袋的白裤子，臀部有点松，下边有点紧。一件舒适的棉布衬衫，胸部印有英文商标。

也许她该离开西班牙一段时间!

这主意不错。

她懂法文,几乎也掌握英文。她的发音鼻音较重,且不十分完美。不过,如果去伦敦和都柏林待一段时间……

她再次摇了摇头,不自觉地抓起另一支香烟。

她看了看手表。

达尉迟到了。

那么说,他是决意要去马维利亚了。

显然,达尉在寻求一条道路。他可能成名。在喜剧界,他并不是一个无名小辈,但在导演电影和其他事情上,他还不是第一流的人物。

不过,到马维利亚是值得的,毫无疑问。

她快步走向窗口。

凭窗眺望,首先映入她眼帘的是街对面的罗斯·波尔切斯饭店。她曾和达尉到那儿用过餐,贵极了,但饭菜质量很好。夏天,坐在餐厅外边露天微弱的光亮下品尝那儿的美味是十分惬意的。冬天,这家饭店的大餐厅更是妙不可言。

达尉外表几乎一向邋邋遢遢。不过,当他注意讲究穿着时,俨然是一位风度不凡的绅士先生,英俊极了。

当然,白天他是很少想到穿着的。

达尉是个典型的夜游神,人们几乎总是在各个夜总会或者头面人物露面的舞会上见到他。

归根结底,这就是他的生活。

她不知道她和达尉怎样遇在了一起。

她不懂得为什么达尉这个身边有那么多女人的男人在她身上浪费了那么多时间。

她不应该同他姘居。

达尉在介绍自己和问候时有一句十分典型的话:"我不值得相信。"

当然他是不值得信赖的。

因此,她左思右想,还是应该把事实同他讲清。

那大概是对达尉施加压力。

向他提出一个同他的身份和人格不相称的难题。

阻止他前进的步伐。

可事实是,达尉在他成名的道路上流星般地前进着。

人人都知道他是个了不起的导演。如果说他尚未在电影界成为显赫人物的话,那是因为他运气不佳。

但是,他终究会在电影界成为令人瞩目的人物。

当然,在这个领域里,她自己不管早晚,也期望成为名人。

她刚刚二十岁,因此……

毫无疑问,那件倒霉事构成了她成名的障碍。

流产吗?

一闪现这个念头,她不觉痛苦地一抖,于是从窗前走开了。

她用手指梳理了一下她的红发,发式的波浪弄得有点乱了。

她用手抓住头发,将它压到后边,但一松开,那不驯服的头发又重新恢复到其舒服的原状。

她再次想到她的母亲。母亲已四十八岁,但仍旧固执地待在学校里。她总是前进,永不退缩。她的母亲理解一切,可迪特不能理解的是母亲怎样适应了学校生活。

她对这件事,永远不会有透彻的理解。

也许是因为她的父亲是母亲有资产的那个村子的正式医生。

办学是有道理的。

如果说她母亲有所厌恶的话,那就是愚昧无知的落后的女人。

尽管她母亲蹲在学校里,整日价被一群顽皮的、不听话的孩子包围着,但她日子还是过得相当自由的。

她没有那种事。

因此,迪特打算在适当的时机,把自己的事情一一向她讲述。

"如果说有什么事情使我伤心难过的话,"达尉坐到驾驶座上,对坐到他旁边来的米盖尔看都不看地这么说,"那就是告别。"

"那你就不辞而别好了。"

"你不要说蠢话!"

"可是,不辞而别在你是司空见惯的。"

"不错,不过,和迪特不能这么做。"

"迪特身上有什么别的女人没有的东西?"

很多,很多。

但是,他没有必要一一向米盖尔列述。

迪特很有点自己的风度,很有点自己的情操。

她很可能有所成就,成为一个了不起的女人。

自然,她要成名需要时间,但不管怎么说,她觉得自己会取得成就的。但愿他自己能成为电影导演,实际上他现在已经起到这个作用了,只不过这个地位不稳定。倘若有一天他导演一部电影的话,他肯定要让迪特演主角儿。这将是一块很好的跳板。

他从罗斯·波尔切斯饭店前经过,不无怀念地朝它望了一眼。

他和迪特去过那儿许多次。

如果他不是一个结交甚广和充满事业心的人的话,他真喜欢建立一个家庭,过一切正常的生活,那么,迪特将是他理想的伴侣。

当然,他不能容忍自己停滞不前,不能总在一个地方生活,不能在床上总是看到同一张面孔。

人人都有其不幸,只是不幸有所不同罢了。

有的人生来臂残,有的人生来腿瘸,有的人生来是瞎子,这些生理缺陷他们必须带一辈子。

他有他道德和情感上的缺陷，而这缺陷也是终生不能改变的。

不过，迪特就是迪特。

迪特将她的处女膜奉献给了他。

可迪特不是那种水性杨花、到处打情骂俏的女人。

迪特也不是那种卖淫的女人。

迪特也不是盲目将自己委身于男人的女人。

有些事情他是不理解的，但来自迪特的事情他全能接受。

"我把车停在这个空地方，"他一边操作，一边对米盖尔说，"你在车上等我。"

"你要在上边待很久吗？"

"不知道。但我没有太多的时间。"

他从手套盒里取出烟荷包，又摸了摸上衣口袋，证实自己带着烟斗。

他把烟荷包塞进牛仔裤口袋，下了车。

"喂，"米盖尔嘟嘟哝哝不满地说，"记住，你可不是第一次让我坐在车上等了七个小时。"

达尉开心地笑了。

他的两排洁白的牙齿在那黝黑的脸上挑衅地闪着光亮。

"假如事情是这样的话，"他含糊不清地说，"那就是说，我上边的事情进行得很好。"

"可是，对迪特你是完全了解的。"

达尉皱起了眉头：

"你这么认为？"

"我想是这样。"

他可不这么认为。

迪特是个神秘费解的女人。

因此他继续同她在一起。

他从来对她了解不深。

一个男人以为对她完全了解了，但突然发觉事情并非如此。

迪特的人格可是不同一般。

她和别的女性有霄壤之别。

他耸了耸肩膀，迈着斑马似的步子傲然穿过了街道。

天热得像蒸笼。

地面上升起一股蒸气，钻进裤管中消失了，他的大腿和上身都渗出了汗水。

在马维利亚，天气当然也是炎热的，但海上送来的微风是宜人的，使它不像这儿，到处散发出讨厌的、粘手的热气。

在那儿，搞配乐正是好时候。

如果意大利的事情也定下来，那真是美极了。

所缺乏的只是就制片、报酬和名歌星及草台戏班等问题达成协议了。

也许他有机会同在寻找的歌唱家接触。

此事并非容易,因为要花很多钱,但预算是可观的,不会造成困难。

因此,只要做些说服工作,利用外交手腕,在马维利亚找到是可能的。

他到处都有朋友。他几乎把所挣的钱全部花掉并非无益。他提高自己地位、使自己享有声誉的唯一办法就是出现在所有的地方,这当然要花大量的金钱。

他跨进楼门,不感到那么热了。

他哼着小调钻进了电梯。

三

迪特听到门铃声,从坐着的地方站起来,没放下香烟便朝门口走去。

她所看到的,正是她所期待的,达尉脸上带着自以为无所不知的神情站在那儿。

"喂,亲爱的。"达尉向她问候。

他一下子将她拖到怀里,寻找着她的嘴,热烈地吻她。

每次吻迪特,他总觉得在感情上自己是个弱者。

那姑娘身上有一点什么特别的东西。

大多数情况下,每次接吻之后,那种特别的东西在他身上会持续一个星期,甚至会持续一个月。

如果他不同她接吻,他们都会感到不快,甚至会发生吵架的事。

如果他来赴约,他们就会闹得更凶。但迪特·莫拉雷斯要好一些。

迪特是个不懂得什么叫讥讽的姑娘。

他可以成为她终生的朋友，只要迪特不跟他找麻烦。

而迪特恰恰是个毫不霸道的女人。

她从来不要求什么特别的东西。

自然，她也不接受礼品。

一天，达尉想送给迪特一件漂亮的衣服，迪特发火了。那是他唯一的一次看见她大动肝火。她对他说，她跟他干"那事"既不是为了礼品，也不是为了金钱。

她爱他，但她并不要求他把一切心思都放在她身上。

他想，即使她要求他只爱她一个人的话，他也不会把爱情全部给她。

可是，尽管他也未向她提这种要求，她对他的爱情却是专注的。

就是说，迪特爱他，把全部的身心都献给了他，其他的一切她都不放在心上。因此，自从他发现了这个有自己独特性格的女人以后，除了感到惊异之外，他一直想送她一件礼物，赠她一束兰花。

他长时间地吻着她，嘴唇在她的双唇间溶化了。

假若不是那让他如此关切的马维利亚之行的话，他会在迪特那儿待几个小时，让米盖尔腐烂在车上。

可是，马维利亚的事使他太关心了。那是件对他再合适不过的事，他不能失掉这个大好机会。

因此，最好还是尽快中止这一热烈的爱情场面。

是迪特主动先同他分开。

"如果你是去马维利亚顺便路过这儿，"迪特一边说，一边走过去坐到一张沙发上，"那你的时间该不会多的。"

"你说的是在马维利亚。"

"不，是说在这儿跟我在一起。"

"啊，当然 。"

由于感到口渴，他走向一个看来是放酒的家具，果然不错，他从那儿拿出一瓶酒来。

"这儿没有冰糖吗？"

"在厨房里，你倒酒吧，"她说着站了起来，"我这就给你取来。"

"我要开车，只喝点酒凉快凉快。"

"我马上就拿冰块来。"

果然，不一会儿，她端着满满的一玻璃杯冰块回来了。"谢谢，迪特！"他说着用手指捏起三块冰放进了杯子。

"这下我可凉快了。开车的时候，我是不喝烧酒的。好的，那么说你已经知道这件事了。昨天我给你打过电话，但没能把好消息告诉你。"

"我在译制影片。"

"事情还没什么重大进展吗？"

"这需要耐心，慢慢来。"

"有时需要耐心，有时要把事情抓紧。"他摇晃着杯子，里面的冰块开始溶化了。"最好是有个保护人，但愿这个保护人就是我。你看，我一直希望有人请我导演一部电影，那时我可以让你当主角。"

"人家让我参加演一个剧。我已经拿到剧本。当然，不是主角或第一角色，但却是一个引人注目的角色，值得一演。"

"剧本读过了吗？"

"正在读。我认为我能胜任，但你不要以为这角色很容易。"

达尉想说点十分具体的事情。

他想告诉迪特，他将离去，而且不敢肯定很快就能回来。如果意大利的事情成功的话，他也会到那儿去，那归期将更难预料了，因为天晓得会发生多少预想不到的事情。

是的，事情不容易呀！

他是不忠诚的，迪特不值得等他。

他知道迪特不会东游西荡，不会卖淫，不会同别人发生性关系。

但是，她不受任何限制，她没有任何义务，她可以不受任何束缚地做她要做的事情。

事情这么办好。

正因如此，尽管一年来他不断地更换着同其他女人的友谊，对迪特他却始终念念不忘。

当然，不是他在向迪特进攻，而是他在回答着迪特知道的事情。

迪特从来没对他进行过任何责备。

假若她责备过他的话，那么，他早就不会来看她了。

"我在这儿坐一小会儿。"他说。

他把剩下的半杯酒放下来，随后点上了烟斗。

"你知道我要很久才回来吗？"他放出了一个探测气球。

他不是为了拴住迪特，而是为了避免伤害她。

迪特点了点头。

"我可能从马维利亚到意大利去。我手中已经掌握了一点儿东西。"

迪特显然是受了打击，但表面上丝毫不动声色。她感到万分的孤独和沮丧。

达尉继续以愉快的声调讲着。

"如果诸事顺利的话，那我会取得惊人的成果。我的器材已在去马维利亚的路上了。为夏季音乐配器要一个月或一个半月。然后……"他咂了一下嘴唇，"如果一切如愿的话，我的事业会有一个巨大的飞跃，迪特。"

当然。

可她怎么办呢?

她可以留住他。

不能马上这么做。假若她告诉他她怀孕了,达尉是会履行自己的义务的。

然而,那是有强迫他之嫌的。

不能这么办。

她一是爱他爱得发疯,真的,就是这样;二是对他敬佩得五体投地,到处讲赞扬他的话。

她深深地了解达尉,达尉就是达尉。

达尉是个喜欢周游世界的人。

达尉是个喜欢同时跟几个女人勾搭的轻薄的男人。

毫无疑问,如果她把她的情况告诉达尉,达尉会作出四种反应的一种,而这四种反应,对她都是消极的,因此还是缄默不语的好。

达尉可能会说跟她结婚,此乃出于不得已,因为她知道,达尉是眷恋独立的。他也可能建议她到伦敦去,把那个小生命扼杀在母腹之中。也许他会断然地说:"我承认孩子是我的。"

不,这不可取。

当然,也不排除一个更接近实际的可能,即达尉让她马上收拾行装,跟她一起到马维利亚去,他们情意缠绵地结合在一起。

而实际上,他们已经结合了。

可如果不住在一起,只是感情上的联系,跟他走也是不可取的。

就是说,她不想为那件事把达尉拴在自己身边。

如果把达尉留在身边,那便违背了她的原则,因为之所以怀孕,是由于她的过错,她的粗心大意,达尉从未欺骗过她。

她先是同他交了朋友,尔后成了他的情人或者叫什么别的名称,因为她爱上了他。

尽管如此,可她从未说过她在狂热地爱着他。

达尉十分害怕他们的感情进一步深化,真的,他怕得要命,害怕奴役,害怕束缚。

而爱情恰恰是一种奴役和束缚。

"你什么也不说吗,迪特?"

"我非常非常高兴。"

"我会来看你的,或者你在某个周末一下子跑到马维利亚去。"

她不会去马维利亚。

最好他们割断关系。

当然,好说好散。

她和达尉将永远是朋友。

感情上的东西到此为止了,但朋友关系是永久的。

如果她决心生下那个孩子,她也只好这么做。

当然,这要等一切弄清楚了再说。

不过,她首先要把事情全部告诉母亲。

"你好像不高兴,迪特,是因为我要走吗?"

"不、不,达尉。你应该从事你的事业。"

"当然。可是,你呢?"

"我怎么啦?"

"我走了之后……"他咬了一下嘴唇,稍微停顿了一下。"总之,你将继续生活下去,你将忘记我,你将有新交。"

"是的,如果我恋爱的话。"

"就这么简单。"

"事实如此。"

"喂,这是令人伤心的。"

"不过,我永远不能说谎话。"

"我知道,我知道。如果某一天发生了这种事,我回到你身边,你会坦白地告诉我你已另有新欢。我了解你……这是最令人不安的。我知道你是忠诚的。如果某一天你变了,那是由于感情上的问题,你不会隐瞒的。"

"绝不隐瞒!"

"好的,好的……离开你我感到痛苦,迪特。我痛苦得如同万箭穿心。从来没有什么事情让我这么痛苦过。可是……"

"可是，这是你的职业。"

"当然。不过，我不相信我会不再爱你。"

迪特想，他说得真轻松。可对达尉也只好如此，否则便只好拒绝他的爱。达尉在爱情上向来说话是轻松的。

实际上，达尉说什么都是轻松的，尽管在行动上他总是遇到一些棘手的事。不过，如果达尉爱上一件事情，而且是职业上的事情，只要他发挥其职业天才，那在他面前就没有任何不可逾越的障碍，他总是感到得心应手，轻松愉快。

然而，爱情在世界上是最轻松愉快的事情。迪特心中清清楚楚，如果她企图拴住达尉，或对他施加压力，或把他束缚得紧紧的，或争风吃醋折磨他，达尉早就同她一刀两断了。

因此，面对她清楚了解的那一切，她突然决定关于她怀孕的事对达尉只字不提。当她有足够的时间时，她再好好考虑，怎样以最好的方式从那件麻烦事中解脱出来。

"我不能要求你在我不在时也忠实于我，"达尉用他那一贯的不慌不忙的语调说，"因为，如果我这样要求你，我自己必须首先做到这一点。"

"你永远不会是忠诚的。"

"这一点我不否认。"达尉像历次一样坦白。"我非常爱你。如果有一天决定安顿下来，结婚组织一个家庭，那我肯定首先要求同你结合。"

达尉一时可能这么想，这她明白。可是，达尉不准备失去自由，而她也不是那种想用活套把什么人拴得死死的女人。此外，她懂得，感情是自由的，没有感情，也就不懂得男女之间的两性关系。换言之，她之所以属于达尉，并忠实于他，那是因为她真诚地爱他。当然，如果有一天，她爱上了别的人，她将毫不隐讳。这也是真的。不管有没有孩子，她都会把这事毫不隐讳地讲出来。

可能正是由于两者各自的为人是这样，他们才情趣相投，很合得来，因而就能够互相谅解，那件事就能持续下来。

"谢谢，达尉。这也意味着，当你向我提出这件事时，我会同意的。"

"我已经了解你了。如果你不爱我，你会对我讲明的，尽管这看起来似乎是残忍的。"

"正和你对待我一样。"

"真是不可思议，你那么年轻，却是如此成熟。"

"我受的教育是完全自由的，结果我被教育成了一个这样的人。我的爸爸是个很讲民主的人，而妈妈这个良好的伴侣又对他百依百顺。"

"你很少对我提起你的妈妈。甚至没有告诉过我她住在哪儿。"

"何必讲这些呢？妈妈与这件事毫无关系。"

"可是,如果我爱你,你跟我讲讲童年的事,这是很自然的。"

"有些事我已对你讲了。现在又提到我受的教育。你对我的了解已足够了。"

"这也是真话。"达尉点点头表示赞成。

尔后,他看了看表。

他坐到沙发上她身旁去,双臂紧紧拖住她,把她的身子推斜。压在她身上拼命寻找着她的嘴唇,陷入狂烈的亲吻中。但是,当他意识到他就要失去很多时间时,便宁可不让自己兴奋起来,松开了她,快步往外走去。

"你会得到我的消息。"

四

小镇离车站相当远。她的妈妈就住在小镇上，并在那儿办了一所学校。

那不是一个古老的镇子，但在这种镇子上，人人都互相认识，老师几乎就是权威。

迪特有两年没到镇子上去了。她的妈妈要见她，便在假期中去马德里，大多数情况下，母女俩一块到北部海滨去休假。只是那一年，由于译制影片可以赚得一大笔钱，她决定留在马德里，而她的妈妈也就利用这个机会待在镇上，装修学校和住宅，使之焕然一新。

当她的母亲失去丈夫时，本来是可以重新结婚的，因为她还年轻。但是，她喜欢旅行和自由生活，而且，她大概太爱她的丈夫了，要找人来代替他，对她实在太难了。

当迪特将要在学校毕业跟母亲谈起她的天资和职业选择时，

母亲是若有所思地注视着她。

母亲说出了她心中的话，那便是她们家的座右铭。还在她丈夫在世时，家中的一切便都是民主的。在那一时刻，母亲同样这么来处理问题。

"我不会去干涉你的志趣。"母亲对她说。"但是，从内心里讲，我是希望你结束学业的。一个像你这样聪慧而有文化的姑娘，是最可能达到自己预期的目标的。不过，如果你愿意放弃学业，那你就那么做。说不定哪一天，也许你又会决定再去读剩下的两年学业。"

就这样，她去了马德里。

开始，在头六个月里，妈妈寄钱给她。但是，当她开始工作挣钱时，便不让妈妈再寄钱来，妈妈自然也就这么做了。因为她清楚，如果女儿说不需要钱的话，那就是真的不需要了。

她不再想下去，提着那个很大的旅行箱走进了车站。

她穿着一条瘦管的裙子，衬衫的下摆扎在裙子里边。脚穿一双条式的凉鞋，后跟并不太高。

一件针织外套斜披在肩上。

她就这样一身打扮走进车站，然后走出去，找一辆出租汽车。

出租汽车司机认识她，马上朝她跑去。

"午安，迪特小姐。在马德里过得怎么样？"

"啊，贝尔纳多！我在马德里相当好，无可抱怨。"

"到学校去，对吧？"

"是的。"

她上了出租汽车。

贝尔纳多坐进汽车，一边握住方向盘一边说道：

"我有时看到您在电视上做广告。说不定哪一天我会看到您在第一频道演主角哩。"

"我看这有点难，但是，事情总要有个开端。"

"我似乎也在某个电影里听到过您的声音。"

"是的，是这样。我从事电影译制工作，我的声音适合配音。"

这是真话。

她的声音柔和、悦耳，并且具有自己的特色。

那声音在麦克风中效果极佳。

译制电影看起来似乎很简单，人们也都这么认为，可事实上，那是一项十分乏味而艰巨的工作。在和观众见面之前，译制人员要不厌其烦地体验、练习、准备，直至达到技术要求。

汽车穿过城市朝郊区驶去。

学校和旁边她们的家闪着白光。

看来，她的母亲正在把那项夏日工程最后完成。

贝尔纳多对迪特不慌不忙地说：

"还好,镇政府终于同意付这笔钱了。学校和你们的房子都要倒了。"

迪特没有把她要来的事预先通知母亲。因此,汽车停下后,她付过钱,手提旅行箱,肩挎背包,外套系在腰间,便一边呼唤着妈妈,一边向家中奔去。

女教师出现了。一块头巾包着她那金黄色的头发,脸上溅了点儿石灰。她穿一条牛仔裤,外罩一件长衫。

"迪特!"她叫了起来。"我亲爱的迪特!"

迪特爱妈妈。

她爱她,因为她给了她生命;她爱她,因为她通情达理,给了她自由的教育。

当然,母亲并没有教给她同渴望她的人发生性关系。

但是,母亲一向对她强调要重视感情,培养她的情感,所以,当她爱上达尉、达尉也如胶似漆地热恋上她时,她对达尉是坦率的。

"你是第一个。"

这使达尉惶恐不安,减少了他的冲动,以致在继续追求她之前,曾一度踌躇。

但是,最终两个人还是做了感情的俘虏。

这正是她要向母亲说明的。

母女俩相互拥抱、亲吻了多次,最后萨洛美和女儿分开来,激动地说道：

"看我弄你一身石灰。"

迪特放下背包和旅行箱，解开系在腰间的外套，看了看周围说：

"真是好极了，焕然一新。"

"我好不容易才说服了镇长。还好，这是一个民主的镇子，我自己是镇政府的成员，有投票权。"

"这使你高兴。"

"一点不错。可是，你来，你来，一切都收拾好了。你来怎么也不先通知一下？你不是有影片等着译制吗？"

"是这样。"

"这就是说，今年既去不了法国，也去不了英国，什么计划也不能安排了。"

"是这样，但是我来这儿看你，同你一起过这个周末，我遇到了一个问题。"

"你同达尉断绝了关系？"

"没有。"

"那又是为什么？"

"我们到小客厅去吧，一言难尽。"

"我只知道你有一个感情上的朋友……他叫达尉。"

"这件事我没有给你说过许多，妈妈，因为我一直没有太大的把握。"

"现在还是没有太大的把握吗？"她语调和表情均无改变地说，"你想喝点什么吗？"

"我只是想把事情告诉你，让你知道我为什么到这儿来。我要乘星期日晚上的火车回马德里去，第二天清晨到达。星期一上午九点钟我得在制片厂开始工作。"

"你为什么不打个电话来要我去？"

"道理很简单，因为我的同屋梅尔切对此事一无所知，我希望在没任何见证人的情况下同你单独谈谈。"

"我看事情比较严重，尽管你想装出并没有什么了不起的样子。"

"我只同你商量严重的事。"

"那么你坐好吧！"

说着，萨洛美解下了头巾，摇了摇那头金黄色的头发。

她还年轻，更稀奇的是看上去她比她实际年龄还显年轻。

她的面孔充满着青春的活力，神采奕奕，一双活泼的绿眼睛炯炯有神。

母女俩长得酷肖，只是母亲的头发是天然的漂亮的金黄色，而女儿的头发是红色的。

看到母亲对自己感到那种幸福的满意，迪特不禁想到：如果她不是年纪轻轻地就突然改变了自己生活的道路,那不就和母亲同样幸福吗?

不过,不。

她是个雄心勃勃的女子。

终有一天她会达到自己预期的目标。

她喜欢幻想和舞台生活。

没有比表演艺术更好的事业了。

把自己关到孩子们吵吵嚷嚷的小天地里对她来讲是不能忍受的。

相反,她的母亲却一直过着这样的生活。这也许是由于她爱她的丈夫,他是镇上的医生;也许是因为她喜欢孩子,生来就喜欢。事情就是这样。

不管怎么说,有一件事情是清楚的,她的母亲也在像一个正常人似地生活着,这在她看来是最要紧的。

"我觉得,你有点什么非常重要的事情要告诉我。"妈妈说。"看来你穿这条裙子很不舒服,又走了那么长时间的路。你怎么不去洗个澡,换件舒适的衣服呢?"

这是个好主意。

她站起来,决定去她的房间。

她的母亲认为这是正常的。

不必大惊小怪,不必顾虑重重。

当她愿意把事情讲出来时,母亲将静静地听她讲述。

但是,她从来不急急忙忙想知道什么,追问什么。

母女俩一向是这样互相尊重、爽直和绝对坦诚地生活在一起的,尽管有时似乎这种坦诚使她们感到很痛苦。

因为,很显然,她一眼就看得出,她母亲的独身生活并非十全十美,尽如人意。

本来,如果她讲明她的孝心、她的寂寞和一大堆其他事情,是可以将母亲留在身边的。

然而,她没有这样做。因为倘若这样做,或以孝心来对母亲施加压力,那就不是她了。

她一边这么想着,一边走向她的房间。进了屋后,她听到母亲对她高喊:

"迪特,我去把身上的石灰弄干净,泡点茶咱们喝。"

"好的,妈妈。"

她关上门,怀念地四处张望着。

一切都整整齐齐,光光亮亮,而且分毫不差地待在她原来放的位置上。

她跟母亲读了小学,中学是在省城读的,是住宿生,只有周末才回家。

后来,她做了教师。

但是,她立刻发现了自己,发现了自己的才干和志向。

她在学校里参加业余剧团,慢慢地爱上了这一行。

她发现她的爱好不是教小孩子读书识字。

她叹息了。

面对这种情况,假若当时她已经守寡的母亲是别的女人的话,准会大叫大嚷,痛哭流涕,或者做出其他类似的表情。

然而,她的母亲没有这样做。

母亲耐心地听她讲述。

因此,她断定母亲这回同样会静静地听她讲述,不会歇斯底里地发作和辱骂她。

她的母亲能理解任何人,对自己的女儿更是如此。

她的母亲非常仁慈,充满人情味。

有时,她想到母亲时感到十分羡慕,想成为她那样的人。

但是,每个人都以不同的方式降临到世界上。

而她,也是以自己的方式生到这个世界上来的,是迈着自己的步伐,以自己的方式不屈不挠地长大成人的。

她正直,刚强。

她对自己负责。

她自己学着解决问题,处理事情,而这些问题和事情,别的女人都是由父母来解决的。她就这样慢慢地成熟了。

她从不流泪,从不绝望。

她丝毫不责备达尉,事情是她自己接受的,没有欺骗,没有许诺。

无疑，那个难题使她感到痛苦，达尉的朝三暮四和反复无常使她伤心。但是，她不是那种被苦恼压倒的人，相反，面对难题和沉重的打击，她会勇敢坚定地站起来。

她脱光衣服，站到淋浴器喷头下。她感到水落到她身上，冲击着她的皮肤。

她使劲地搓着。

搓完之后，她洒了浴室里的花露水，穿上牛仔裤和当年父亲穿的衬衫。

她穿上皮便鞋，让湿漉漉的头发自己风干。回到小客厅，母亲已在那儿泡好茶等她，头发跟她一样是湿漉漉的。

"茶可以喝了，"母亲看见她进来说道，"我知道你喜欢茶里放牛奶。茶是热的。"

"谢谢，妈妈。"

两个人面对面坐下来相互看了一眼。

"好吧，现在你随时可以开始了。"

五

"我从我跟达尉·多明戈的关系说起吧。"

"好的。你已经告诉我你是……你是达尉的和达尉是你的。我看过他导演的电视,听过他的配乐,观赏过他的歌舞演出和其他东西。"

"你认为他是一个优秀的文艺工作者吗?"

"很浅薄。当然,总得有个开始,并非所有的人都有机会在他喜欢的事业上展示自己的才能。我熟悉一些知名作家。为了生活,他们开头是写一些八个杜罗一本的通俗小说,按当时的算法,就是三个比塞塔。"

尽管迪特根本不想笑,可这时她还是笑了。

"达尉很有出息。某一天他能从事自己喜欢的事业时——即从事戏剧工作——将会大有作为。不过,我不是跟你从职业的范畴谈达尉。"

"这我知道。"

"具体地说,我不是他的任何人,然而又是他的一切。"

"嗯……我懂。"

"你为什么能那么理解我的事情?若是换了别的父母,这可是天大的错误。"

"很简单,迪特。我把你生到这个世界上,是因为我愿意这样做,你并没有要求我。尔后,你是一个独立的人,只是脐带把你跟我联系在一起。我的责任是教你走路、说话和学会做事情,从无益的束缚中解脱出来,摒弃毫无用途的偏见,培养你具备绝对真诚的品质。就是说,我引导你、教会了你生活和以自己的目光观察事物。我和你爸爸的职责就是这些,而不是别的。"

"谢谢。这样就没有什么使我过分痛苦,也没有什么使我高兴得发疯。我完全从现实来观察事物。"

"为了减轻这些现实带来的痛苦,有时也需要幻想,但这取决于一个人的个性。你既懂现实,又富于幻想,你按你的方式处理它们的关系,而且时时懂得自己。"

"是这样。"

"好的,刚才我们在谈你同达尉的关系,它很具体,但想到将来,又不具体。"

"我没有这么说。"

"我知道你没有这么说,可实际上是这样的,对吧?"

"是的,妈妈,是这样。"

"我想,就像如今说的那样,你的感情跟他连在了一起,不是吗?"

"也并非如此。感情上是连在了一起,但每个人有每个人的生活,各自是独立的。"

"没有个人的约束和义务吗?"

迪特要抽烟。她起身去寻找手提包:香烟及火柴放在那儿。

母亲半闭着眼皮,眯缝着眼睛看着她。

"你为此事感到痛苦吗,迪特?"

姑娘重新坐下,点上烟,燃着的火柴留在手指中间。

"为什么痛苦呢,妈妈?我还没回答你刚才的问题呢!"

"没必要。不存在约束和义务,显然是这样。"

所以,妈妈是那样地爱她,尊重她。

妈妈只要看一下她的眼睛,就会明白她的心思。

"问题是我爱他,妈妈。讲爱情和把爱情跟痛苦联在一起是一回事。你不这样认为?"

"无疑是这样。不过,如果你这么认为……那就势必甘愿忍受痛苦,甚至为乐观主义找到出路。"

"我懂。噢,事情不是这样。我爱达尉,达尉也爱我,我们是两厢情愿。他涉世比我深,而我的早熟也足以使我对自己负责,我也没有结婚的愿望。我以为相爱是一回事,决定将来共同生活是另一回事,因为感情今天可以存在,明天可以消失。我也懂得,成熟可使一个人看事情更客观,唯有交往和同居才是切合客观实际的、现实的、合法而有效的手段。"

"我年轻时对问题可不这么看。不过,由于头脑糊涂,有许多妇女很不幸,有许多男子被束缚在不情愿的义务中倒也是真的。迪特,我对你今天的想法和做法表示赞同,只要这是出于真正的感情,而不是由于你的恶习,我了解,在感情上,你是相当超脱世俗的,是高尚不凡的。"

"但是达尉不这样看问题。"

"当然,达尉是个自由的人,他不愿受任何支配和束缚。可他却没有发觉,他为一切所奴役。"

"他以为他是个完全自由的人,不受任何事物所束缚。"

"这不错。在某些自由的男人身上事情几乎总是如此。可是我要告诉你,这种男人恰恰是最受奴役、最受支配、最受束缚的人,尽管他的这种状况不一定是由于爱情。"

"我知道达尉爱我,但他对爱情的理解跟我不一样。所以我没有对他施加压力。"

"施加压力?"

"这就是我遇到的麻烦事,妈妈。你是一个思想现代化的非常民主的母亲,可是,有些事情是会让一个母亲伤心的,这件事就可能叫你伤心。"

萨洛美没有皱眉头，但是她双目盯着迪特，像是在观察她的内心世界。

"那么，你没有把事情告诉他？"她问。

姑娘意识到实际上母亲已经知道了她内心的秘密。

"他去了马维利亚，去拍一部音乐片。他皮包里还装着一份跟意大利签的合同。我可以有把握地说，如果事情进展顺利的话，他将从那儿去墨西哥……"

"就是说，他可能几年不回来了。"

"问题就在这儿。"

"你对他什么也没说？"

"没有，妈妈。"

萨洛美甚至连嘴唇都没咬一咬。

但是，她却在倍感痛苦地扪心自问她和她丈夫对迪特那种民主放任的思想教育是否做对了。

然而她随后又想："既然木已成舟，那也就只好面对现实了。"

"请告诉我，迪特，如果你对达尉说你肚子里已怀着他的一个孩子……他会跟你结婚吗？"

"肯定会的。"

"你没想过用这个办法把他拴住吗？"

"我永远不会这样做。如果我告诉他我有了孩子，他也可能对我说尽管不结婚他也承认他，或者劝我去堕胎。在达尉身上，一切都是不可预见的。"

"但是，你肯定他爱你？"

"是的。这是达尉唯一可能爱的方式。舒舒服服，爱情不给他带来任何头痛的事，不对他产生任何损失，对他跟别的女人不嫉妒……"现在轮到萨洛美站起来了。

六

迪特在母亲脸上看出一种内心的不安,这种不安,过去母亲不管遇到任何事,不管在任何人面前都是未曾有过的。

还有,迪特尚清楚地记得,父亲去世时,母亲表现得非常坚强、勇敢。尽管如此,她明白妈妈当时痛苦得撕心裂肺、肝肠寸断。不过,如果说她哭过的话,她只是一个人偷偷地哭,一个人关起门来哭。

然而,此刻她看到母亲却是犹豫的,并且不无惶惑。

"把一个新生命带到这个世界上来,这意味着肩负一项极大的责任。"母亲重新坐下来,接着说道:"而要毁灭这个生命,就等于是谋杀。"

"我不想堕胎,妈妈。"

"我想是这样,因为我没有这样教导你,但如果你把这个孩子生下来,你就要承担全部后果,尽管我认为也许你应该把发生的事情告诉达尉。"

"我怕达尉有想法。这样，如果我跟他结婚，就等于我强迫他；如果他承认我肚子里这个孩子，就等于我是个天真的笨蛋，说不定明天或者随便哪一天我将接受失去儿子的现实；如果他要求我流产，那将使我沮丧和绝望……因此我宁愿让达尉按自己的愿望行事。"

"除他以外，你没同别的男人有过性关系吗？"

"妈妈，你！"

"请原谅。我这样问你，是因为我们都是女人。"

"那么，既然我们都是女人，我就回答你的问题：当然没有。此外，我把处女的身子献给了达尉，这一点他知道得清清楚楚。你看，妈妈，在我和达尉之间还有别的事情。我从未改变过达尉，也从未对他不忠诚过，因为我不懂没有爱情的奉献，我只爱过他一个人，不管我是幸运的还是不幸的，但我是自觉自愿的，而且忠贞不渝。我对达尉的感情是如此真诚和深厚，鉴于我的思想方法和为人处世，我决不会去找另一个人代替他。但是达尉不像我这么想，也没有这样的情感。他了解我这一切。他也知道假如有一天我对他不忠诚，那将是为了爱，并且我不会对他隐瞒。所有这一切都是实实在在的，极富人性味的，也是你所喜欢的。但是达尉不这样对待肉体上的感情。达尉爱一个女人，这就是我。但是一有机会，而且我知道他随时都有机会，他就会跟另一个女人做爱,这跟我是截然不同的。"

"那你容忍?"

"我要么照这个样子接受达尉,要么决不接受他。可我爱他,妈妈。如果达尉是我的丈夫,那就要另当别论了。因为如果一个丈夫对妻子不忠实,那就是他不爱她,而爱另外的女人。恰恰由于这一原因,我从未打算过跟达尉结婚。"

"对,我认为这是一种正派的为人。每个人都应该是自己的主人,都应该感到是独立的。但是我也认为,当一个女人像你从属于达尉一样在感情上从属于一个男人时,从道德上讲,那个男人也就必须以同样的方式从属于那个女人,达尉也就要从属于你。"

"如果我这样做,把达尉束缚住,那他的感情也就不会跟我联系在一起了。"

萨洛美看了女儿一眼,若有所思:

"迪特,你爱他爱到这等地步,以致接受面前的既成事实。"

迪特觉得受了侮辱。但是她不顾内心的屈辱,还是诚挚地说:

"我爱他爱到这种地步,妈妈。"

"好,好……"稍停了一下她又补充说,"我们怎么办,迪特?"

"我不知道我来这儿是不是想问你我该怎么办,妈妈曾爱过,显然我来的目的就是这个,因为如果说我有一个忠实的、慈爱的、诚恳的、真正的朋友的话,那就是你。"

"对,没错。"萨洛美内心不无痛苦地同意道。"不过,你已那么成熟,在开明的生活中是那样训练有素,我从未料想到你会做出这样的错事。而且我还认为,一个女人犯这样的错误应该自己负责,或者说,这是一个富有感情和人情味的女人变成了一个失去理性的荒谬的女人。"

"这不对。"

"好,那么你爽快地告诉我你打算怎么办?"

"让我的孩子生下来。"

"不让达尉知道?"

"不!"

"如果有一天他知道了呢?"

"那是我的事情。"

"那么什么是我的事情呢,迪特?在这件事上你让我扮演什么角色?因为毫无疑问,你心里已经为我作出了安排。"

事情确实如此。

不管迪特意识到与否,母亲的角色她已安排定了。

"如果我要活下去,要安排我的前程。要达到预期的目标,"她异常沉静地说,这种沉静是母亲所熟悉的,"我就不能抚养我的儿子。"

"你要把他送到这儿来?"

"不,也不是这样。我知道会多么麻烦你。"

"你看,迪特,我是学校的教师,是市议会议员,是这个镇上的官方人士,尽管我不觉得自己有什么了不起,可人家把我视为榜样。但不管怎么说,我过着自己正派人的生活,一方面,我要以自己的人格生活,另一方面,我又要接受种种偏见,虽然我并不情愿。"

当然。

这她知道。

因而,她对此是有所准备的。

"我明白你的态度,妈妈。但是,请告诉我,只回答我这一点就够了,一旦孩子生下来,你会照管他吗?"

回答是干脆的。

"我照管,这没问题。"

"好,这样我就可以把他放在外边了。总得放到个地方藏起来。我不喜欢这样的情况。假如我要做母亲,我愿在所有人眼前公开做母亲,可是我也知道,而且事情明摆着,我不应该把事情复杂化,损害你的名声。在我看来,我想你也会这么做。有一个私生子是生活带来的结果。虽然我们住在外省,而不是住在首都,我们也是生活在人群中间,因而也就不应该,也不能完全按照自己的意志来生活，而是要过一种与环境相协调的日子。你打算对我说的就是这些，对吗，妈妈？"

"我不知道当今社会的状况应该归咎于何人，但事情就是这样，迪特。"

她感到痛苦。

她深信社会确实如此。

生活将会复杂化。

她感到一种沉重的责任落到她身上。

但事情就是这样。要么她接受这种现实，要么采取果断措施，把问题彻底解决，就是说把孩子打掉。恰恰在这件事上她左右为难。

消灭一个生命，这是不负责任，是不可取的。

绝不能干这事！

如果一个女人必须生活在一个具体的社会里，在这个社会里又无法自由支配自己的感情，而是要承担一个女公民的义务，那么最好就是迪特选取的这种态度。

"到时候你将去哪儿分娩？"

母亲这么问是必然的，而女儿的回答也十分痛快。

"暂时不会有什么事，没有人会知道。我不是为自己保密，也不是为自己隐藏，但是我知道得一清二楚，我生活在一个充满偏见的社会里，因此我将躲到适当的地方去。"

"到时请通知我,迪特。我去你那儿,去接孩子。"

"以后呢?"

"我抚养他,以便让你继续寻求自己的未来。"

"妈妈!"

"就这样定了,好吗?"

她注视着女儿。

坦率地注视着她。

或许她不无痛苦。但她清醒地面对现实。

迪特伸出手,紧紧地握住母亲的手指。

"你是个多么好的朋友啊,妈妈!你是个多么了不起的女人呀!"

女儿言过其实了。

母亲内心里是悲凉的。

她希望女儿有一个跟自己的丈夫生的孩子。

但是,事到如今,要么面对现实,要么谴责,她宁愿接受现实。

七

母亲也使劲握着女儿的手指。

茶已经凉了。

当两个人发现茶凉了时,便端起来去喝。由于凉,茶的味道是苦涩的。

然后母女二人站起身。

天黑下来。

萨洛美打开灯。

她想最好还是让事情这样下去,到时候再说。

对这事她既不评论,也不作任何预言。

不过,她确实暗暗问了自己,如果她的丈夫还在,对这件事会说什么呢?

他们用那种自由放任的思想教育迪特是否做错了?

可能。

但是，已后悔莫及，无法挽救了。

"妈妈……"

她看了女儿一眼。

有点茫然。

她像是陷入了自己的惶惑之中。

"请告诉我，迪特……"

"你希望我把达尉拴住，告诉他……"

不，她不是这个意思。

感情应该是自由的。

在那种情况下，尤其应该如此。

"我负责你的孩子。什么时候生？"

"八个月之后。"

女儿看到母亲在计算。

"现在是7月。好，到3月你生孩子的时候，我希望待在你身边。你在哪里生，迪特？"

她不知道。

她还将工作几个月。

尔后，她就在马德里消失。

这是否是去掩盖……罪过？

不！

但是，既然她生活在一个受条件制约的社会里，她不想把事情张扬出去。

她也不想放弃她的孩子。

迫不得已把孩子交给妈妈养育,她感到难过……人们会问,学校的女教师从哪儿弄来的那个孩子呢?

"还不知道,妈妈。到时我会告诉你的,但是……请告诉我,你身边放个刚生下的孩子,你怎样对人去解释呢?"

"不知道。但是,鉴于我的为人,我也不能让人说三道四、议论纷纷。也许我会说是我收养的孩子。这样不好吗?"

"妈妈……"

"啊,请讲吧!"

"你心里不好受,对吗?"

"嗯,有点,但只是为了你。我一向对一切都有准备。我抚养一个孩子别人不会感到奇怪,我喜欢孩子,这人人知道。"

"鉴于你的为人,你甘愿承担责任,甘愿冒风险。"

对,确实如此。

不过,出现这种情况,是命运安排的,只好接受。

"你不会责备我吧,妈妈?"

妈妈不会做得过分。

这是一件意外的事。

她没有把女儿教育好。

她教会了女儿许多事情。

但是，看得出她没有教会她怎样自卫。

迪特很天真，这一目了然。

"我们不说这事。"

"你担心提这事会使我们两个人都伤心？"

母亲不愿提这事，因为她很爱女儿。她宁愿把那事看作一件好事，而不是一桩罪过。

最好不要知道达尉的反应。

迪特知道她已把一种责任拴到母亲身上。

这责任是具体的，同时又是不具体的。

但是，情况就是这样。

是她的过失吗？对，在某种程度上可以这么说。她太天真了。

她错了，因为她不成熟。

八

她不知自己何时站起身来。

她又去洗了淋浴。

她知道自己心情压抑。

而且有点悲伤。

她把自己全部的责任转嫁到了母亲身上。

这合乎人情吗?

不,大概不合人情。

可是,她这样做了。

然而,她无法逃避那一切。

她既不能保卫自己,也不能使母亲解脱她强加到她身上的那种责任。

她走到餐厅,母亲正在那儿打扫。

这就是她的母亲。

母亲接受生活所给予她的一切。

因此,她那样地敬佩母亲!

可是,敬佩并不等于要母亲承担为她抚养一个孩子的责任。

可是,她怎样才能使这个孩子得到良好的保护和安全可靠的保证?这的确是唯一的出路。

这样做她十分难过。当然,她十分难过。

但是她找不到另外的方法摆脱这一困境。

母女俩没有再谈这件事。

事情就是这样,仅此而已。

母亲明白,她也明白。

其他事情几乎没有涉及。

她们没再提起孩子的事,不知何时,迪特来到了车站上。

当然,母亲陪着她。

她沉默不语,神态平静。

她真的那样平静吗?

自然,有点是装出来的。

但是,她下意识地,也是自私地感到了落在她母亲身上的负担,而她将去干什么呢?

去生活。

去寻求她的未来。

告别是短促的。

说些可以说的话。

然而最好是不说。

她们所说的话都是遮遮掩掩的、低声的、含糊不清的。

"通知我,迪特。"

"肯定,妈妈。"

"你不要忘了。"

"不会的。"

有多少事情,多少话留在了她们的心灵深处?

两个人心中都有数儿……

但是她们把它埋藏在内心深处,这些事情和言语是"易燃的"。两个人都是如此……她一切都感觉得出来,而母亲则作出奉献,接受一切。

她奉献什么?可说许多,也可说乌有,或许应该说是一切……

九

头几个月中，迪特跟母亲在马德里见过几次面，虽然也谈起那件事情，但一直没有深谈。

达尉偶而给她打电话来。拍完那部音乐片时，他确实给她打来一个亲亲热热的电话，不过，像达尉做一切事一样，也是出于自私的目的。他告诉她他马上要到意大利去，他认为在那儿的一份合同更加宏伟。

她没有阻止他。

她本来可以讲明自己的情况把他留住的，可倘若那样做，就等于强制他，再说，说不定她会看到即使达尉知道了自己要做父亲也不肯留下来。既然如此，她宁可不知道她仍旧爱着的那个男人的反应。

在那些炎热的月份里，最重要的工作人员奇缺，因为一些人去度假，一些人跟剧团去外省了，因此各类工作都好找。

电视、戏剧、商业电影……迪特并不是一个重要演员，远远不是，但人们知道有她这么个人，而且有一定素质，工作可以称职，电视观众都熟悉她，尽管她尽演些跑龙套的角色。

到了11月，她决定离开马德里。这在一个演员来说是很方便的。她可以说外地有合同，也可以随便找个其他的理由，因为不管她去哪儿都会有人接受她的。至于一向到处猎奇的报纸，也没谈过或很少谈到她，她在新闻人物中还算不上重要目标，因为她不够资格。此外，一旦达尉离开，她也就没有了夜生活。

她打电话告诉了母亲她的下落，并且说，到时候她会再给她打电话。

她决定在伦敦生产，孩子出生后，让他用她的姓，达尉的名，仿佛是她的兄弟。母亲在她分娩前一星期赶到了伦敦。婴儿是个男孩，生得很顺利，也很健康，因此，仅在孩子出生后五天或七天，母女俩，当然还有婴儿，便一起回到了西班牙。她离开时让梅尔切为她保留了床位，并告诉她去伦敦是进修语言，顺便更好地从事影片译制工作。

没有人怀疑她，也没有人问过她，因为生活被分割成了亿万个小块，每个小块属于一个不同的人。就是说，人们都生活在自己的天地里，别人的事情一般是不会去关心的。

母亲带着女儿刚生下的孩子回到她的镇上。继续在学校工作。她雇了一个人照顾孩子，谁也没有过多地去打听孩子的事，因为这位教师夫人有自己的身份和个性,她既可以建立一个孤儿院,也可以收养一个她希望的孩子。

如果别人低声议论,那是另一回事。女教师意识到了这一点,但对那些多少有点可疑的窃窃私语她一向处之泰然。因此,她的生活一如既往,似乎什么也没有发生,尽管在她家中自然而然地常常听到孩子的哭声。孩子渐渐地长大了,而且又健康,又结实。

在马德里,迪特参加了一个译制组,于是她开始了漫游四方,寻求方法提高自己的业务水平。当然,尽管她很用心,却也不太容易!

在整个这一时期,达尉正如迪特想的那样,在西班牙美洲走东闯西地导演剧目和电影。报纸上有关他的消息是含混的,尽管不断地提及他,或者说到他导演的影片引起的种种评论。

事情总是这样,在自己的国土上,谁都不是预言家。为了事业,达尉应该生活,而且也应该按照自己的志趣到国外去生活得更好,因为他在西班牙面前是一片空虚,生活得很不得意。

在那段时间里,他没给迪特寄过一封信。

梅尔切有时对她的女伴说:

"喂,你的电影编导把你给忘了。"

这在达尉没什么稀奇。

他大概已有一个或一千个情妇。日子过得满惬意。迪特在他的心里已经退居第二或第五位了。

说真话,她对达尉也没有更多的苛求,因此她把孩子留给自己。永远不让达尉知道他的父亲身份。

"达尉没有任何道理为我承担义务。"她常常这样回答梅尔切。

"这要看怎么说。"

"不管你怎么说都是这样。我们俩都是自由的,干我们愿意干的事,此事我们有约在先。没有发生过任何争执。"

"可是你只是一心扑在工作上,没有知心朋友。"

她对达尉保持忠诚,并非因为她心中没有自己,也并非因为过去和把他们联系在一起的感情。

她忠诚于达尉,是因为她爱他,不希望生活复杂化。因为对她来说,爱这个词实际上只和她母亲及儿子联系在一起。她每月去看两次儿子。每次要去看他的时候,她都从内心里感觉到有必要为他献出自己的一切。但是,她年方二十一岁,不想让一点什么把她的生活束缚住,哪怕是她的儿子。儿子有一天也会长大成人,他对命运和生活给予他的一切也应该是自由的。

就这样日复一日地过了一段时间。

一直到了第二年夏天,一个戏剧导演才约迪特以第一女主角的身份跟他们一起到外省去。这是一次机会。

迪特答应了。她决心在火车、汽车和舞台上度过夏天,把分配给她的角色演得惟妙惟肖,栩栩如生,博得观众的称誉。

胡安·塞普尔维达是位新潮流的剧团经理和年轻导演。他立志大干一场,把剧团办得兴旺发达,提高自己的地位,也使他领导下的全体演员的社会和经济地位得到提高。

那一天,在去剧院之前,他跟迪特坐在一家咖啡店里,对她说:

"迪特,这个剧本我们将于10月在马德里首次演出。就是说,我们还要到外省巡回演出几次。半月之内,我们将在马德里安顿下来。你真心喜欢这个剧本,我们可以在马德里的一个剧院里获得成功,你将继续是第一女主角。"

"可是,我们已经讲好这个戏在马德里由另一个人主演。"

"我们是讲好了,"胡安说,"可现在改变了。你继续演下去。你有天才,能理解角色,而且喜欢表演。噢,今晚演出结束后我们见面怎么样?"

她凭直觉已感觉到了。

胡安·塞普尔维达在偷偷地追她,有时他暗示她。可是,虽然他很能干,又年轻,但她不喜欢他的性格。

"我演完戏很累,胡安。"

"喂,见鬼。你怎么啦?为什么总是像逃跑一样?"

"逃跑?"

"是呀，你从不跟我们在一起。如果我们去吃饭，你就躲开；如果我们去游玩或跳舞，你总是找个借口推脱。"

"我不喜欢晚间出门。我的劲儿都用在了舞台上，戏一演完，我就精疲力竭了。"

"可你是年轻人，照理应该喜欢玩哩！"

"我喜欢回到我们住的旅馆或客栈去，在那儿读书。"

"啊，迪特，你知道……"

她没有让他说下去。

她不希望他把话说清楚。

胡安是个极好的人，最好不要惹得他爱上自己。

"你看，迪特，"胡安坚持说，尽管迪特满脸不悦之色，"事情是不能埋在心里一辈子不说出来的。我知道你曾钟情于达尉·多明戈……请不要这么看我。虽然人家不说出来，但背后还是议论。达尉太出名了，他的一些事情是保不了密的。如今你也逐渐有了名气，如果说过去你跟达尉在马德里的事没人注意的话，现在可就瞒不住了。你知道人家怎么说你吗？说你是达尉的夫人。"

"我很遗憾。"

"你遗憾什么？"

"他们不该这么称呼我。"

"事情就是这样。在你还没有太大的名气的时候，别人就不会提起你。如今你已名声在外,人们也就把你和你从前的情人联系在一起。但我不是要告诉你这些,而是要说明你同达尉的事我不放在心上,我真诚地希望我们能进一步地了解。"

她更愿意从一个词的角度了解他,而绝不是从一个男人的角度。

她为人襟怀坦白、正派,心中有什么就说什么。

"我仍旧爱着达尉,胡安。"

胡安脸上荡着笑意,瞅了她一眼。

"你是否从达尉那儿等待点什么具体的东西?"

"不。但是我仍旧爱着他。我不会在爱他的同时去跟另一个男人交知心朋友。"

"噢,姑娘,你太落后了。"

"可能。我一直在考虑要走在时代前头,可是,在感情的事情上,我的思想可能太陈旧,太固执。"

"你十分清楚,达尉不是那种要结婚的男人。"

"谁告诉你我要跟达尉结婚?"

"可是……"

回到马德里已是10月中旬,剧目果然在首都演出而且大获成功。

由于这一成功,有人便邀请迪特扮演几个电影和电视的重要角色。经过考虑之后,她力求选取最好的,也就是最能使她扬名的角色。

实际上,她已经一天比一天更有名了。

社会上都知道她,她的照片已经在杂志上刊登出来,人们在议论她同某某人要好及种种爱情瓜葛,人所共知,伴随名声而来的便是忧虑和麻烦。

有时候,在她选中一个角色时,就跟母亲在儿子摇篮边交谈:

"我不知道我是否应该隐姓埋名,妈妈。我挣钱不少,有自己的单人宿舍,甚至很可能于近期在阿拉瓦卡买一幢别墅住下来。不过,我忍受不了寂寞,不惯于一个人生活。"

"正如你所说,声誉是要付出代价的,迪特。但是,它是你追求的财产,不是吗?"

"当然。"

声誉中飘浮着点什么。

那是一个非常具体的问题。

一年的时光过去了,达尉(他跟父亲叫同样的名字)已开始学步。他跟父亲长得一模一样,一样的桂皮色眼睛,一样的黑色鬈发,一样的褐色皮肤。

"迪特!"萨洛美轻声说道,那个周末迪特开着自己的车来到镇上。"达尉在波多黎各继续获得成功,对吗?"

"好像是。"

"就像你在这儿一样。"

"不。他是电影导演,我则同时干许多事情。我收入可观,受人尊敬,但达尉的名声是当之无愧的。"

"他还是一个人吗?"

"我想是,否则消息早已传开了。不过,尽管他还是一个人,可没有一群女人围着他转他是活不下去的。对他来说,我已经进入历史,妈妈。"

"你为此感到伤心吗?"

"是的。"

这是不可避免的。

有时,她感到一种疯狂的愤怒,甚至下决心要痛恨他。

可是,她做不到。

她非常解放,非常时髦,但却十分重感情。

十

鉴于迪特日渐攀登到声誉的顶峰，作为名人的义务，有时她不得不在马德里的晚间出门。胡安·塞普尔维达几乎每次都陪着她。她的一切几乎都归功于他，再说，他是她最好的朋友。但是，胡安对说服她把两个人的关系从朋友的基础上再往前走一步已感到厌倦了。

一天，她意外地接到了一个电话。

她独自住在公主大街一套豪华的房子里。

那是她临时租下来的一套带家具的房子。她喜欢安静。她把房子作了一些修饰，使它变得非常迷人而女性化。

有一个人负责打扫整幢楼的卫生，每天早晨到她的房间来。她不愿雇一个家庭女仆。有时，不是她去看她的母亲和小达尉，就是她的母亲驾着自己的老式轿车奔波在镇子和马德里之间。孩子已满两周岁了。

正如我们上面所说，那天晚上她正躺在长沙发上，突然电话响了。

这也并非稀奇。

那部电话响得很频繁，有时是朋友邀她参加舞会，有时是制片人邀她演一部电影或电视。

因此，她停下阅读《马卡斯》，伸手抓起听筒。

一句惯常、单调的话语传来："请告诉我。"

她差点儿跳起来。

通过电话线，她听到一个非常熟悉的声音。

"迪特……"

是达尉。

他在哪儿？

她从沙发上爬起来，在地上摸索着寻找大概从脚上滑掉的拖鞋。与此同时，她用颤抖的双手捧着听筒。

"达尉！"

"啊，过了这么长时间，你还能听出是我。"

"你在哪儿？"

"墨西哥。"

迪特松开了握着听筒的双手，终于找到的拖鞋又从她脚上滑掉了。她倒在沙发上，听筒贴在她的耳旁。

"就是说，你仍旧……在外面游荡。"

"姑娘，一个人应该在工作最多的地方。再说，这儿的人敬重我。你知道我为什么打电话给你吗？"

可以猜想是因为他记起了她。

但是，不应该存有不切实际的幻想。

也不能指望达尉对那几年的沉默作出解释，表示歉意。

"谁告诉了你我的电话？"

"梅尔切。我以为尽管你事业上取得了成就，出了名，但仍跟她住在一起。我猜想你是彻底解放了。"

"你的一切也顺利吧？"

"无可抱怨。我正在变成一个报价的电影导演，但我还没有找到我的杰作，尽管我有了一个理想的脚本。这就是我给你打电话的原因。在这里我看到了你应该干的事。我一直说你会到这儿来的。你不知道，如果你在我准备导演的影片里演一个极好的角色，你会得到多么可贵的东西。"

"我？"

"今天你在西班牙是最受欢迎的，你成了名人，你到了可以选择的时刻了。当整个电影业像是进入危机的时候，你却不愁工作。这一切我都是从西班牙寄来的出版物上了解到的。我给你提供你一生中最好的机会。迪特，你有什么话要说？"

她一言不发。

她也没说更重要的事。

过去的情义看来在达尉身上已不算数了。

那是她生活中的又一个片断。

她可以接受这样的局面，没有怨言。

她认为去墨西哥重新跟他生活在一起将使她更加痛苦。

"迪特，你听清我的话了吗？喂，我在从墨西哥给你打电话，这要花很多钱。请告诉我，你接受我给你的角色吗？"

"哪些人将跟我合作？"

"外国人。这些人好极了，都是些知名人士。我努力把这部电影拍成我的杰作，迪特。我肯定你会演第一主角。我付给你……"

迪特闭上了眼睛。

那一切她听了很不舒服。

达尉不是作为他爱过的女人记起她的。这表明达尉走得太远了。

达尉的心中只有一件事：他的名声、职业尊严及其威望，因为他正处在事业的顶峰……

"你得寄给我正式的邀请信，达尉，以便让我的经理去考虑。"

"你的经理是谁？"

"胡安·塞普尔维达。"

传来的是达尉冷冷的声音：

"我从来不喜欢这个自负的人。喂……你是他的情妇吗？"

这是一句侮辱性的言辞，但达尉向来如此。

她必须爽快自然地回答他。

"不是。"

"你绝不会撒谎吗？"

"绝不会。"

"好，好，不过，这也没什么了不起。你的生活是自主的，可以做自己喜欢做的一切。我从来不喜欢胡安，但你可以喜欢他。归根结底，还是你最后说了算数。如果你同意，胡安会答应的。我已经说过，我请你扮演的角色不能再好了。我就给你寄去书面邀请。这样好吗，迪特？"

"好的。你寄来吧，我将同胡安一起研究。"

"噢，光说这些了，我还没问过你的情况哩。从我读到的消息看，我想你的境况不错。你没有跟别人在一起吗，迪特？"

"这话什么意思？"

"我指的是爱情，这你明白。"

"这是我自己的事。"

"当然。我可一直有情人。在这方面我完全不可挽救了。不过，说真话，我常常记起你，知道吗？你给我留下的印象太好了。你应该知道，有时我竟想坐上飞机到西班牙去看你。你看这傻不傻？"

达尉就说了这些。

而她的心情是矛盾的,要么不再说话,要么大声地把心里的话说出来。

可是,她了解达尉,知道他说的都是真心话,此外,他对她的感情就是有时怀念她,仅此而已。

倘若她告诉他如今他们已有了一个两岁半的儿子,事情会怎么样呢?

"我给你寄邀请书,迪特。你要尽快答复我。"

"好的,好的,达尉。"

"我得和你再见了,迪特。跟你讲话真叫我高兴,你的声音还是那样迷人。"

可对她来讲,最糟糕的就是她的声音依旧那样迷人。

不管有没有名声,不管钱多钱少,总是与她的愿望相反,在他眼里,她还是原来的迪特。

她为什么一定要对他那般矢志不移?

胡安·塞普尔维达是个很好的人,对女人很有魅力,可就是打动不了她的心,尽管作为一个朋友和经理她十分敬重他。

邀请书六天之后寄到了西班牙,里面附有一份签了字的合同,迪特只需在上面签字就行了。

这会儿胡安和迪特正在商讨。

"这份合同很重要,迪特,你该好好考虑。在国内你已是大名鼎鼎,不过,如果你参加拍摄这部电影,达尉又像以前那样对你好,尽管目前在西班牙还不这么看你,你一下子就可以上升到欧洲水平,甚至接近国际水平。我看值得。"

不。

不值得。

如果她心灵上的创伤愈合了的话,那才是值得的。

倘若仅仅是作为艺术家去拍那部电影可能是对的,但作为一个女人去墨西哥,将意味着再次卷入爱情漩涡,使自己的生活复杂化。

他一切都为她安排好了,既没有情意缠绵,也没有罗曼蒂克。

可是,她太了解达尉了。

一旦见到她,他又会缠住她不放,说服她,享用她的玉体酥胸。但是,电影一拍完,她回到西班牙,达尉对她的记挂随即也便烟消云散。

她不准备接受邀请。

她不想拿自己的人格去冒那么大的风险。

总而言之,她没有跟胡安把事情定下来。那个周末,趁更换剧目休息的空当儿,她去了镇上。

她把事情告诉了母亲。

"这可是一笔大钱,而且会使你名望大增,就是说,名利双收！"

"这我不怀疑，妈妈。但是，我生活得很安定，我选择自己愿意干的事。我已经颇有名气，收入也丰厚，在这儿没有人打扰我。"

"那么说，你对达尉的爱……"

她几次摇头。

"我真想把他忘掉，可是办不到。"

"你太重感情了。"

"我的生活是纷杂的，因为它同职业和社会联在一起。我要去参加娱乐性聚会，要进迪斯科舞厅，要去巴黎旅行，但是我的心是平静的，我不喜欢把事情搞乱。"

"但是，有一天达尉会回来的。"

"是这样。尽管如此，我希望随着时间的推移，这一切都慢慢过去。"

"你说的是三年后吗，迪特？一件事要过去，就让它立刻过去，如果总是不过去，一个人会被它拖死的……"

这道理她明白。

至少她觉得是这样。

但是她没有接受邀请，她这样对胡安讲了。

胡安盯了她一眼，研究着她的心理。

"迪特……你是担心一切会重新开始？"

她不愿胡安把她想得那么软弱。

可是,她对自己的了解是一回事,别人想的又是另一回事。

"我对这部电影是否能拍成功没有把握。"她支吾搪塞道。"我不想冒险去跳火坑,不想拿自己已获得的声誉去赌博。"

"可是,一个像你这样的年轻姑娘,在国内做出成绩、稳住地盘之后,总是渴望到国外去伸展翅膀的。"

"大多数人可能是这样。可我对自己的现状已感到满足。我可以毫不含糊地对你说,我是个雄心勃勃的女人,可是,我宁愿在国内做牛头,而不愿到国外做马尾,即使在国外挣的钱更多。"

没有办法说服她。

达尉又恼火地打过两三次电话来,但是她回答得斩钉截铁,没有商量的余地。

达尉最后一次打电话给她是在前一天,当时她还在为自己昔日的情人对她的攻击感到伤心。

如果她再勇敢点的话,她就会到墨西哥去了。

拍摄那部电影需要一个月零几天。

她能挣大量美元回来。

几乎……几乎可以在阿拉瓦卡买一幢别墅。

但是,人格上冒的风险太大了。

就这样,合同没有签,胡安打电话告诉达尉,他无能为力。

达尉的回答就是那天晚上的电话。

他暴跳如雷。

挂了电话之后，迪特仍感到压抑和痛苦。

达尉太凶了。

无疑，他是冷酷无情的。

归根结底，他是一个搞专业的人，感情生活跟那件事毫不相干。但是，迪特无法把两件事分开。作为电影导演的达尉，大概想到了这一点，因为在他们的电话交谈中，他对她厉害得可怕。

而迪特，即使她想变成另一个人，也无法讲清楚达尉的猜测是不对的。

这是继续令她伤心难过的事。

迪特为什么不在那个欺人之谈的社会里浑浑噩噩地混下去，同达尉一刀两断？在那个社会里，一切都是闪烁其词，一切都含糊不清，说得更确切些，一切都不公正。

因为，女人属于幻想和不真实的世界，她无法摆脱。

十一

电话铃响了,迪特知道是达尉从墨西哥打来的。他有足够的时间接到了胡安的电报,了解了她的答复。

因此,她拿起了听筒。

她已穿好衣服准备出门。

她和胡安,还有一伙艺术家,在克莱奥法斯有一个约会,为的是不知举行一项什么纪念活动。

但是,这也没有什么太要紧的。

之所以不要紧,是因为国内的艺术家团体,随便找个什么借口就聚会在一起痛痛快快地玩一场。

迪特是受宠的著名女艺术家之一。

她是第一个全部被免费邀请的艺术家,尽管谁都不知道她生活节俭而严肃,社交上似乎与她的职业不相称。而在她看来,要么这样接受邀请,要么拒绝。

人家这样邀请她,她也便这样接受了。

她绝不轻浮。

传说她同胡安最终会结婚,或者作出类似的安排。但是胡安心中清清楚楚,这是不可能的,不是因为他,而是因为迪特。

至于迪特,她了解自己,也并非不知道胡安可以做一个很好的朋友,而且现在已经是很好的朋友;胡安也可以成为一个杰出的经理,而且现在已经是这样。可是同他在感情上结合成为情人,这不可能。

绝对不可能!

那天晚上,也就是前一天晚上,当她已经穿好衣服准备出门的时候——她身着开胸的夜礼服,白狐皮大衣放在扶手椅靠背上——电话铃响了,她的心一下子提到了嗓子眼。

达尉!

她坐在扶手椅边上,在拿起听筒的同时点燃了一支香烟。

"请讲吧!"

"啊,至少我在家里捉住你了。我一连三天都在给你打电话。"

"我有我的应酬。"

"这我想得到。你已经达到了你预想的目标。"

"跟你一样,不是吗?"

"噢,不管怎么说,这是次要的。你和我都实现了自己的目标。我收到了塞普尔维达的电报,他告诉我你不接受邀请,不签合同。"

"怎么样?"

"这是为什么?"

"达尉,我没有任何义务回答你的为什么。我不签,就这样。"

"你知道我怎么想吗,迪特?"

"这我没多大兴趣。"

"唔,你变了。以前你是很坦白的。"

迪特紧张起来。

"这是什么意思?"

"就是说,你我之间一向是推心置腹的,鉴于这一点,我们的结合是牢固的。可现在我一如既往,你却垮了。"

"我一点也不懂你的意思。"

"迪特,你中了什么邪了?你明白我对你的安排吗?"

"这不用说!"

"可你断然拒绝,而且不作任何解释。"

"当拒绝一件事时,我看不出为什么要作解释。我在西班牙工作很多,我喜欢我的国家,不想到国外去。"

"可是你去巴黎,我看到了你在那儿演出的消息。两个月前,你还去伦敦拍过一部电影。"

"那又怎么样?"

"就是说,你现在说的不是真心话。"

"总而言之,我不懂你的意思。"

"在你心中,我们做爱情朋友的时代已经过去了,对吗?"

她激动了。

随即站起身。

在那一瞬间的沉默中,达尉对她喊道:

"当时如果你觉得我把你留在西班牙不好,你为什么不答应跟我一块出来?你清楚我不能不离开西班牙。我是被迫这么做的,那儿的人不愿拿自己的钱冒险。我需要广阔的活动舞台和美金,以便在事业不顺利时供我开销。"

"这一切都是从何谈起,达尉?"她终于说出话来。

"我不知道。反正我突然觉得你身上有点儿什么在跟我作对。"

"如果我真是如此又怎样?"

"啊,"他喊起来,"你终究是真诚的。"

"不是这么回事。你走了,我留下了,仅此而已。"

"那么,你仍在想着你生活中的第一个男人是我,而我却不把这件事放在心上吗?"

她是这么想的。

这便是她想的一切。

因此,她突然几乎是叫着对他说:

"在我眼里,你是很重要的,可在你眼里,我只不过是又一个女人。"

话就这样说出来了。

说出来只能使她感到心情沉重。

不过,神经也不能总是束缚着,遏制着。

长时间的沉默。她以为达尉要后退了。

但事情并非如此。

达尉似乎在距她两步远的地方呼吸,而且呼吸的方式很奇怪。

"就是说,"她突然听到达尉沙哑的声音,"我伤害了你。"

伤害得很重!

她想到很多,很多,认为自己再也不能成为那个刚到马德里时充满幻想的姑娘了。

"请告诉我,迪特……既然这样,当时你为什么不留住我?"

"噢,这事已过去了。"

"什么过去了,难道你能否认你面临着过去?"

为什么要把事情说穿呢?

之所以说穿,是因为那是迪特拒绝去墨西哥的实情。

什么都不会重新开始。

不能再为那一切吃苦头。

"迪特!"她重新听到了达尉的声音,这一次十分稀奇。"这一部电影一拍完我就到西班牙去。"

接着,电话挂上了。

她一时怔住了。

她将重新看到他。

不,她不希望这样。

生活永远不会回到从前的样子。

她的职业经验比以前丰富多了。

情况与往昔大不相同了。

再说,当中还加了个小达尉。

如果他的父亲看到他,那是会承认他是自己的儿子的。

胡安的汽车喇叭声将她从沉思中唤醒。

她对那次聚会感到厌恶,刚到一半就想告退了。她以为那次活动很荒诞,实则不然。

说来说去,一个人出名之后,看事情也便与众不同,而且是任性的。

对于名人,一切皆可原谅。

而对于无名之辈,谁也不放在眼里。

那一切发生之后的第二天,迪特决定开车去看她的妈妈和儿子。

她的妈妈很快就要度假了。她在阿拉瓦卡购买一幢别墅的事也快谈定了。她想跟妈妈和儿子一起在那儿度过夏天。

小达尉已经三岁半了。

这孩子长得十分讨人喜欢。

他一天比一天更像父亲。

但是,由于不管是母亲还是儿子都不同迪特一起参加社交,所以人们完全不知道他们。再说,由于谁也不知道小达尉的底细,没有人能把他同他父亲联系在一起。

刚一看到迪特,妈妈就意识到她心情很不平静。

"把事情告诉我吧,迪特。"

她对母亲作了讲述。

"你怎么不隐藏着呢,迪特?"

"我办不到。"

"但愿达尉在墨西哥继续留下来,获得更大的成绩,把你们的电话交谈忘掉。我可以向你保证,我一点也不喜欢他回来,你重新感到自己软弱。此外,让人家知道了达尉的事,这是很丢人的。这不是为了你们,而是为了孩子。再说,他要开始上学了,报纸可是不留情的……对达尉回西班牙,我没有丝毫兴趣,我实在不愿意他成为众人猎奇的目标。"

"你知道吗,妈妈……"

"我想我知道。这些年里你曾对我讲过多次,名望对你有压力。"

"要付出很高的代价。"

"是这样,不过你的许多好事也都亏了你的名望。应当权衡一切。"

她的母亲讲得有理。

实际上,母亲每次讲的都是对的。

而且,母亲还具有使她冷静下来的本领。

就这样,在回马德里的第二天,心中的种种忧虑便不翼而飞,她开始考虑,也许胡安最终会成为她未来的良好伴侣。

假若她愿意的话,胡安将成为她忠诚的心上人。

但是她没有勇气在爱情上同他结合。

当她想到自己,想到她的性爱时,她觉得除了达尉之外,她不可能同任何别的男人生活在一起。

那或许是一种病态,但却确确实实地存在于她身上,她不知道如何克服。

她时刻提心吊胆地等待着达尉突然出现,但是达尉没有回来。

达尉力图让她参加拍摄的那部电影获得了巨大的成功,使得达尉这位导演备受欢迎,因此工作也就接踵而至,令他透不过气,也难以脱身。

她自己在西班牙也更加站稳了脚跟,提高了声誉。

她挣了钱,买下了阿拉瓦卡的别墅,周末、假期或随便什么节日，她的母亲和小达尉都到那儿去。

小达尉五岁的时候，一家报纸发了一条这样的消息：达尉·多明戈到达了马德里，他应聘去导演一部西法合拍的电影。

更有趣的是，那消息是胡安送到阿拉瓦卡别墅的。

还有一件事需要交代清楚：迪特从未把她的母亲和儿子与她的名誉牵连在一起，因此也就还没有人把那孩子与迪特·莫拉雷斯的私生活相联系。由于人们对她的私生活不甚了了，还以为那孩子是她的小弟弟哩。

此外，由于迪特对自己的隐私守口如瓶，其作风严肃又人人皆知，所以大家都对她毕恭毕敬。说来稀奇，就连专门反映流浪汉生活和从事讽刺的出版物，谈到她都带有无限的敬佩，仿佛迪特·莫拉雷斯是西班牙的一个神圣组织。

现在我们再回到我们上边提及的那一天。刚才讲到胡安到阿拉瓦卡别墅去送信，把他的梅塞德斯小轿车停在迪特的门前。迪特的母亲尚未到假期，迪特一个人正在游泳池游泳。胡安气喘吁吁地走到游泳池时，她正躺着晒太阳，裸露着她的黝黑、柔软、光亮的躯体……

有件事情是显而易见的。

迪特已经变了。

不妨说她成熟了。她更有趣、更像个女人了。

她隐藏在那双蓝色秀目中的谜似乎使她变成了一个奇特的、高不可攀的人物，甚至对胡安也是如此。

十二

不过,胡安去阿拉瓦卡别墅可不是去看女人,那样的事已经过去了,因为他心里清清楚楚,他跟迪特的情人这个概念没有一点儿干系,并非是因为他不想担当这个角色,而是因为迪特再清楚不过地向他表明,那是绝对没有指望的。

他是以经理的身份去找迪特的。

"喂!"他将她从睡意中唤醒。"达尉到了马德里。另外,制片请你扮演这部西法合拍的影片的主角。"

她不干。

一千个不干。

她懂得这是唯一的机会了。

演员是精心选出来的,扮演那类影片的主角可以使她一跃而成为世界明星。

但是,在达尉导演下演戏,同他朝夕相处,这对她来讲是一种难以忍受的折磨。

"我不想研究合同的条件,胡安。"

"你说什么!"

她的三角裤只能说是块遮羞的布条,乳罩仅仅是挂在乳房上的两块黄色小布片。

此时胡安看着她,想到的不是女人。

他也不敢有什么非分之想。

另外,他心里十分肯定迪特在继续爱着达尉。

有些男人是走运的。

因为除达尉之外,还有许多男人也总是为女人所追求。

"喂,迪特,过去令你伤感的事就放到一边吧!你必须也应该面对现实。许多世界影星都争夺这个角色,可是他们给了你,放弃这个机会是你一生中干的最大蠢事。"

迪特把身子放平,脸朝着太阳。

她用一种奇特的声音说:

"我告诉你,我不想扮演这个角色。你知道我的工作应接不暇,我没有兴趣参加拍这部电影。清楚吗,胡安?"

胡安低下头,嘟哝道:

"好吧,这就是说,连达尉对你的拒绝也只能是无可奈何了。"

"你这是什么意思?"

"啊,你是了解达尉的。他将来看你。他在我办公室里已迫不及待地问过你的地址了。"

迪特没有马上回答。

但是她的太阳穴和脉搏在咚咚跳着。

"我走了,迪特。我对你拒绝这次机会表示遗憾。可是,不管怎么说,达尉不会答应,他会来看你。据我所知,他住在埃尔·梅利亚·卡斯蒂利亚,如果你阅读报纸杂志的话,你也会知道的。他打算在西班牙住很长一段时间,因而正在寻找一个工作室住下来。"

说罢,胡安走了。

迪特又在游泳池边待了一会儿,然后跳入水中游起来。

她兴致勃勃地从这头游到那头,过了一会儿,累得透不过气,也感到痛苦,便决定走到室内去穿衣服。

她了解达尉。

没有任何人的力量能阻止他。

他坚持他的想法,并非是由于他是她的恋人。他是个朝三暮四的人,过了五年多的时光,他可能把那一切都忘到九霄云外了。现在他抓住迪特不放,是由于他是个热爱职业的导演,是由于他要寻觅一个具体的人当主角。既然他已认准了她,他就要千方百计地达到目的。

她要准备接待他。将来,同他的接触越少越好。下一周她的母亲就要带着那个孩子来了,她决不希望达尉看到那个孩子。

当时有一对夫妇替她照管别墅。

丈夫当园丁和司机,妻子做厨娘兼做其他必要的零活。

这对夫妇是她妈妈从镇上雇来的,他们真心地敬重她。

迪特迎面遇上了里卡多,他正在花园里浇花。

"喂,里卡多,不管谁来找我,我都不见。"

"胡安也不见吗?"

"一个人也不见,不管是谁。"她仍旧穿着三点式浴衣,赤着脚。"我在我的卧室里,但是,记住,就说我不在家。"

"好的。"

进了院子之后,她又找到费利萨,作了同样的交代。

尔后,她进了自己的卧室。

整个白天,她都像处在梦魇之中,只是到了黄昏,她才听到一部车子在她住宅的围墙外面停下来。

卧室里没有开灯,她躺在床上,身穿白裤和一件宽大的绿色无袖衬衫,不停地吸着烟。

她预料到了。

来者是达尉。

她了解这个人,不要指望费利萨或里卡多能拦住他。

她听到了那对夫妻与客人的争吵声,并听出了达尉的声音。

她感到周围的一切似乎都旋转起来。

房子、家具，还有她……

突然，她听到了急匆匆的脚步声、开门关门声和里卡多及费利萨的喊叫声，他们在跟达尉吵，而达尉显然不回答，并继续在别墅里寻找着她。

自然，他找到了。

过道里的灯光是亮着的，达尉一推门她便清清楚楚地看到了他，尽管达尉仍然在黑暗中摸索着，试图使自己的眼睛适应黑暗。

达尉还是老样子。

衣着随便，头发蓬乱，结实，魁梧……

他皮肤黝黑，栗色的眼睛和洁白的牙齿熠熠闪光。

"喂，"她一边从床上跳下来一边说道，"如果愿意的话，就请进来吧。显然，对于你是没有任何阻挡的。"

达尉没有立即回答。

尽管灯光照亮了他，他还是没有看到迪特。过道的灯光倾泻进来，反而显得卧室内更加黑暗，而那个女人的形体也便罩在黑暗之中。

但是，迪特看到了达尉举起一只手，以他那有力的姿势在墙壁上摸索着寻找电灯开关。

卧室的灯忽然打开，两个人面对面站在了那儿。

过了五年多的时光之后，他们又重新相遇，而且相遇的形式颇为奇特。

达尉一方面用他那锋利而深沉的目光审视着她,一方面打破沉默说道:

"啊,这么说你是在家了……你从何时开始学会撒谎了?"

她需要冷静下来。

她需要把那千千万万的火一般的回忆熄灭掉。

过了那么多年,她还是那么个天真纯洁的姑娘,这实在是冒傻气。

达尉使她怀了孕,她不阻不拦地让他走了,是出于尊敬?是出于恐惧?还是出于别的什么?

"啊,达尉!既然胡安已通知了你我拒绝担当你给我的角色,我看不出你我还有什么关系。我完全有权利拒绝你的邀请。"

"当然,这没有什么可说。不过我认为过去和现在没有什么关系,我从来没想到像你这么一位雄心勃勃的人居然只是由于我是导演而拒绝那么个重要角色……你能否认这一点吗?"

"你最好离开这儿到客厅去喝杯酒。"

达尉往前跨了一步,抓住了她的双肩。

他这样抓住她,直视着她。

"迪特……你着了什么魔了,居然这般跟我作对?我们同居了一段时间,我们相互了解了……你给我留下了不可磨灭的印象和回忆,可是你知道我就是这么个人,无法成为忠诚的男子……

但愿你不会说你也是如此。"

她不想去找什么托辞。

她既不垂下眼帘,也不感到受屈辱。

一时百感交集,但既没有羞辱,也没有恐惧。归根结底,两个人都是名人,至于过去,正如达尉说的那样(至少对他是这样),没有必要跟未来联在一起。她所需要的是在谈到那个过去时不带有怨恨。

当然,做到这一点实在不容易!

特别是在那个令她充满记忆和怀念的达尉面前。

达尉没有松开她的肩膀,也没有等她回答,又补充说道:

"我阅读了有关你的东西,了解了你的孜孜不倦的追求,私生活的方式,为人处世,你的内心世界。请告诉我,迪特,这是为什么?我们分别时的情形我记忆犹新,我们都说终生要做亲密的朋友,永远互相推心置腹。你现在还是跟我坦诚相见吗?"

"我希望是这样。"

"尽量这么做吧,迪特!"

"在这段时间里,我从没有过不忠诚的行为。"她竭力从他的手中摆脱出来。"这并非是出于信念,而是由于缺乏兴趣和不愿追求爱情。"

由于迪特离开了,达尉追上去,站在她面前,惊讶不已地望着她。

"迪特,就是说,自从你跟我以后,没有跟任何另外的男人?"

"绝对没有,不管是从前还是以后。"她愤怒地打断了他。

"啊呀……这是为什么?"

"我不能那么做。你感到十分奇怪吗?"

"天哪,是这样。我认识你的时候,你又年轻,又解放,除了你的事情和在事业上的追求外,一切都对你无所谓。"他咬了咬嘴唇。"我说迪特,你能不能告诉我,是否由于我夺去了你的处女膜,使你受到了某种限制?"

"是又怎么样?"她以挑战的口吻说。

"那么……好,那么……总之,迪特,我同你的关系,仿佛在你身上标上了某种记号,为你贴上了标签,对此我感到责任重大。事实是,我认为……当然,我是不忠实的,即使我想忠实也做不到。"他把手举到头上,想梳理一下头发,可由于头发是鬈曲的,他很难办到。"好吧,我答应你喝一杯。我们到一个空气好点的地方去。"

"你对我没有任何义务,无须承担任何责任。"迪特一边在达尉前边走着一边说。"但是,我不愿意再跟你生活在一起。"

"为什么?"

"也许是由于我带着的这个自己并不想带的记号。"

"就是说，我真的给你贴上了标签？"

"在某种意义上可以这么说。"

"迪特，"达尉赶上去和迪特并肩下楼朝前厅兼客厅的房间走去，"面对你这种情况，我简直觉得自己不了解自己，我感到对你的自我约束和限制负有责任。当然，对此我是那样的惊讶，以至于我觉得自己仿佛在重新诞生。"

"到客厅去吧，你想喝点什么？"

"你真是太好了。"

"少来这些恭维话吧。"

"迪特，如果你允许，并且认为没什么不好，我想告诉你一件事。我是一个不堪救药的人……真的，这是真话。请给我纯威士忌。我刚才对你说，我是一个不堪救药的人，但是除你之外，我从未真心地爱上过一个女人。听了这话，你可以笑我，你可以嘲弄我，然而这是千真万确的事实。我常常记起你。你不要以为我记起你是因为你的处女膜，不。我同许多处女有过性关系，但她们都不像你……真该死，迪特，我想我不该来看你，而应该答应你拒绝角色。"

"如果你愿意的话，那就请坐吧！"她这样说着，把一杯威士忌送给他。

于是，他们的手碰在了一起。突然，达尉觉得迪特仍旧是属于他的。他把杯子和手指同时抓在手里，目不转睛地望着她。

"懂吗，迪特？我觉得你全是对的。我本来就不应该选你演我导演的电影中的角色。可是，奇怪的是，现在我一看到你……才发现我为什么选了你。"

迪特把手抽回来，躲开了他。

达尉把两腿分开一点儿，将威士忌举到嘴边，但还是一直望着她。

"如果你允许的话，"他以一种奇怪的方式对她说，"我邀请你去吃饭。想想我们在罗斯·波尔切斯饭店共进晚餐的情景吧！你觉得有勇气回忆那个时代吗？"

"你常常这样回忆起许多闯入过你生活的女人的事情吗？"

达尉惶惑不安地愣了一下，仿佛刹那间地自省，随即便突然放荡地笑了起来。

"啊，不，真是糟糕透顶……一旦我同一个女人关系结束，那便永远地结束了。"

"而你出国的时候，也是同我断绝了关系的呀？！"

"噢，不，这我不能同意你的意见。我并不常常记起别人说过的事情和我说过的事情，但不知什么该死的东西使我对我们告别时的话语至今记得清清楚楚。你没有留我，我邀你跟我一块走，我们没有永久地告别。我告诉你我不会忠诚于你，我还对你说如果你也对我不忠诚，请在我回来时告诉我，我会相信你。"

"说完了吧？这跟我们有什么关系？"

达尉在沙发椅中崩溃了,他两腿撒开来,双手捧着杯子悬在空中。

他望着迪特,眼睛有些发花。

"我本来什么也不该说,"他喃喃自语,"但是我还是要说。一见到你,我好像从来没离开过。我突然想到,在你的一生中,你从没有跟我告别过。"

"纵然如此,那又怎么样,达尉?"

"我不知道。我感到心烦意乱,像是瘫痪了。我觉得我一生都生活得很愚蠢,唯有一件事是重要的、有意义的。你可以笑我,对,你可以这样做。但是,此刻我千真万确地感觉到,我一生中唯一重要的经历就是生活在你身边。"

十三

猛然间,两个人都茫然地沉默下来。

达尉照旧以那种随随便便的姿势坐在那儿,但是在他那桂皮色的眼睛里渐渐地映现出了一点儿什么。

他的双唇在不停地抽动。

迪特埋在沙发里,似是漫不经心地吸烟,但是他们都觉得,事情仿佛没有过去,年代也仿佛没有过去。

"好吧,"达尉终于打破了那尴尬的沉默,"最好我还是走掉,同意你不扮演角色。可无论如何,我想邀请你随便到哪个地方去吃饭,如果你愿意的话,我们可以聊聊过去。"

"为什么要聊过去,达尉?"

"如果谈过去能使我们得到安慰,为什么不去谈呢?我突然觉得我怀念起过去来。我应该占有许多女人,事实也是如此,然而她们中间没有一个人在我心中留下印记。她们只不过是我生活中的过眼烟云，没有重要意义，没有使我动情，很快我就把她们忘得无影无踪了。我突然看到了你，我觉得好像自己没有离开过西班牙，而是在这儿寻找一个制片人，让他给我搞一部狗屁不值的音乐片。"

他停下来，注视着前方陷入沉思。

"真是天大的怪事，"过了一会儿，看看迪特不去打破沉默，他又补充说，"我感到迷惑，迪特，真的是这样，我向你保证，我不是多愁善感的人，也从未承认过是这样的人，甚至从来没有想到过自己是这样的人。可是现在我坐在这儿，看着你，就像有盘电影片在我面前，有个人在用曲柄摇给我看。你知道我看到了什么吗，迪特？我们的共同生活，我们的长谈，我们的接吻和我们的极度兴奋和快感。"他身体颤抖了一下继续说道："或许我是个笨蛋，甚至我的血都沸腾起来。"

他站起来，一口把杯子里的威士忌喝干。

随后，他把杯子放在家具上，在宽敞豪华的大厅里走了几步。

他漫不经心地东瞅瞅，西望望，但这并不妨碍他继续说话。

"我们都在事业上得到了发展，实现了雄心大志，达到了追求的目标……我问自己，这是否使我们幸福了呢？我一点也不敢肯定。我有活期存款，有名望。另外——这是可悲的——我有了三十五岁的年龄。这真是太荒唐了，因为有时我感到自己已老朽了。我问自己生活是否就是这样。事情一件接一件地过去，有好事也有坏事，但归根结底都只是事情而已。有的事让你高兴，有的事不那么让你高兴，但没有任何事能给予你全面的幸福，绝对的幸福。"

他在迪特坐的沙发椅后面停下来，把手放在她的肩上继续讲下去，仿佛他在高声地思考：

"我不是个儿女情长的人，我向来也不承认是这样的人，尽管有时我也闪过这类人的念头。我没有家，也从未怀念过家。说真的，我的出身来源我都说不太清楚。由于缺乏家庭的温暖，我便个人奋斗，立志在职业上做出成绩。可现在我什么都有了，又能怎么样呢？"他把头放在迪特咽喉的一边，"亲爱的，请告诉我，你是如此热爱你的职业，达到目标以后你感到幸福吗？"

不！

当然不。

中间尚有许多道路她没有走。

或者说，她走上了那些路，由于厌倦，半途而废了。

达尉的呼吸灼烤着迪特，接着他又以眷恋的声调说道："我不感到幸福，迪特。这是真心话。可说来一切真是奇怪，当我在你的围墙外停下车时，我觉得自己是生活中对一切欲取必得的英雄好汉。可这会儿，我又感到一片空虚。"

他张开嘴吻了她。

迪特没有动，但她的内心深处有点什么在跳动。

"迪特……我曾千百次地记起你，但我把那些念头都赶开了，我不愿受羁绊。我首先要的是自由，而不是感情。我不愿做任何事物的奴隶。"

迪特用轻柔的声音打断了他：

"妈妈说我们都是点什么的奴隶。"

"你妈妈！真的，她怎么样？你从未好好地跟我谈起过她。"

"她还在学校。"'

"还在守寡，一个人？"

"是的。"

"嗯，她是另一个引起我对过去的美好回忆的女人。真叫人没办法，迪特，这是因为你跟她相像吗？"

迪特忽地一下子站起来，两眼死死地盯着他：

"我就是我，我不打算也不希望跟任何人相像，达尉。但是我也不愿意你为昔日的任何联系感到对我负有责任。"

达尉把头左右摇了摇：   '

"我不是正在告诉你在我的心中突然有一点异样的东西醒来了吗？这是否意味着我对自己有了另外的看法？我说，迪特，我这个人是不可能改变我本来的样子的。我不会装腔作势，也不会摆花架子。人家要么像我这样要我，要么不理睬我。就目前来讲，我认为我不是个胜利者，而是个失败者。我感到孤孤单单一个人,周围有的只是吹捧者,也有许多朋友,但这些朋友还是从前那些人,可当时他们并不认为自己是我的朋友……这使你觉得恶心。我发现当我向后看的时候,看到的只是悬在空中的阶梯,我的脚就慢慢地踏在这些阶梯上,打着滑儿。真的,我知道,我让事情这样发生是愚蠢的,但奇怪的是事情就是如此。如果重新开始的话,我愿做些其他的事情。我首先愿意做一个人,而不是一个专业的工作人员。我愿意建立一个家庭,养儿育女,从家庭和孩子身上得到快乐……"他眯缝着眼睛望着前方,"你没有勇气重新开始吗?"

"开始什么?"

"还有什么!一种新生活。我认为我还有时间,而你又是那么年轻,我想你还不满二十六岁。"

"这几天就满了。"

"我比你大十岁……"他痛苦地摇摇头。"我从来没这样过,看到我如此荒唐,我真是满腔怒火……"

他开始在客厅里散步,走着走着,忽然在一个放满照片的家具前停了下来。

他随随便便地观赏着照片。

迪特依旧坐在他后边,像是麻木了。

"过去我从来没有照片放在靠壁桌上,"达尉又说道,"如今我的照片堆积如山,都是些艺术家,照片除了表示他们是明星外,没有任何具体的意义。除了照片之外,我的钱也堆积如山。一个人奋斗一生残半生,达到的就是这个目标。"他捏起一张照片,出神地看着,但是并没有看清眼前的东西。"当他达到目标并且以为那是青春最美好的东西时,才恍然大悟,觉得事情并非如此。不,一个人为到达生命的顶峰,需要的不是这些。噢,多么漂亮的孩子呀……总之,"他把照片放回原来的地方,迪特没有察觉他说的话和走到了什么地方,因为她仍在背对着他。"我从来不是个多愁善感、情意缠绵的人。"他补充道,还是站在那儿,眼睛盯着迪特家里的照片。"可是,我现在突然伤感起来,忧心忡忡,想得很多。是不是我的路走错了,迪特?我想是。而且,我认为你的路也走错了。"

蓦地,他走近迪特,双手捧住了她的面颊,使其往后仰着,他俯下身去,迪特半合上了眼睛。

达尉尽情地张开嘴吻了她。吻得很久。开始迪特的嘴是闭着的,后来那吻的力量突然使她记起了达尉在怎样吻她,于是她的嘴巴张开了。

达尉疯狂地、拼命地吻她。

开头是疯狂和拼命,尔后是甜蜜和温柔。

最后,他一边戏弄着她的嘴唇,一边说道:

"这会引起我们对往事的回忆,迪特。我今天到你家来是准备训斥你的，因为我想，由于我破坏了你的处女膜，或者别的什么类似的蠢事，你会恨我。可结果我来这儿以后，感到就像我们从来没离开过一样。我感到你爱我，同时也感到我一直在怀念着你。在我为取得成就忘我的奋斗中，一些不理智的想法常常向我袭来，比如随便哪一天，我要坐上飞机来看你。当时我想不清楚这意味着什么，但是此刻一看到你，一接触到你的身体……迪特……我们这是怎么啦？"

说罢，达尉重新离开了迪特，而迪特也便合上嘴，一动不动。她的嘴只是在仰过脸去接受达尉的吻时才是张开的。

达尉走近靠墙桌，漫不经心地扫了一眼那些照片。

他停在那儿不动了。

他感到好奇。

迪特到底对他忠实到何等地步？

那一忠实的世界对他来说是完全陌生的。尽管如此，可在那一刻他都体验到了，仿佛那一世界一直存在于他的身上似的。

他抓起一个镜框，看着它笑了。

迪特从哪儿弄来了那张他小时的照片？

"真叫人感动，迪特。"他抚摸着镜框说。"我从不记得照过相，可我的照片却在这儿。你从哪儿弄来的？"

达尉皱了皱眉头。

他感到迪特在他身后快步移动。

更为突然的是，迪特飞快走到他身边，一把将他手中的镜框夺走。

达尉不知所措地看着她：

"你是从哪儿弄来的，迪特？我记得我小时从未照过相哩，至少我不记得有过这张照片。它居然在你手里，这是怎么回事，迪特？"

姑娘抓着照片，把它放在背后。她的脸色煞白，达尉觉得为那么一件蠢事她过于慌乱了。

"迪特，我不懂你为什么这样做？你为什么把它藏起来？从我来到你家之后，你一刻也没有否认你爱我。因此，你找到一张我儿时的照片，这是合情合理的，尽管我确实不知道你在哪儿找到的。"

"达尉，我想，"照达尉看来，她的声调大变了，"我接受你的邀请。我去换衣服。"

达尉皱了皱眉头。

他原地转了个身，瞅了一眼靠壁桌。但是，这时迪特赶紧跑过去，一把抓起所有镶在镜框里的照片。

"迪特，你干什么？"

迪特不干什么。

就是说，她已把事情做完了。镜框里的照片全部抓在她颤抖的手中，藏在她的背后。

"我一点也不懂，迪特……你从哪儿弄到我那么多照片？小时我是瓦列卡斯的一个穷孩子。父亲是个什么时候愿意干活才干活的人，母亲是打扫办公室的清洁工……关于我的童年，我只记得父母互相争吵和我在狭窄的街道上玩耍。如果今天是那个时代的话，我会是一个东游西荡的流浪儿，看到街上好吃的东西馋得流口水，而不得不克制自己。后来，我的父母去世了，我记不得干了什么坏事，然而却清楚地记得被关进了一个少年教养所。尔后，可想而知，那是不会穿上这么时髦的漂亮衣服、留起这样细心梳理的头发和成为这么有钱的孩子的。"

迪特一步一步地往后退着。

但是，达尉不知突然在太阳穴上感到了什么。

仿佛被绳索抽击了一下。

"迪特！"他高声叫起来。

他飞速地向她跑过去。

姑娘没有防卫，因为她伸到背后的手在拿着照片。达尉直视她，眼都不眨一下，只见她面色苍白，惊恐不安。

不管谁在那一时刻看到她，都不会说她是个有名望的女人。

她的感情是否太脆弱了？

她在隐藏着什么事情？

她为什么那么恐惧？为什么那么激动？那张女人的脸到底真实地表现出什么？

"迪特……你怎么啦？你有什么事在瞒着我！"

"我告诉你……"

"迪特！"达尉的声音已不是那个绝妙的流浪儿的声音，也不是那个自鸣得意的暴发户的声音，而是一个沙哑的男人的声音。这个男人的脑海里正在思考着一件极度令人不安、几乎连他本人都难以置信的事情。"迪特……"

"我想我还是去换衣服，跟你一块去吃饭。"

"噢，不，不必了，迪特。我觉得你和我之间有一大堆事情要谈。把这些照片给我。"

"我告诉你……"

"迪特，给我……"

达尉一边说着，一边从迪特手中夺照片。

迪特抓住不放。

两个人争抢着。

但是，迪特突然只顾双手捂住脸，放声哭了起来。

十四

达尉不记得曾听到过任何人哭得如此伤心、绝望。

因为他从未听到母亲哭过,虽说她大嚷大叫。他对母亲仅有一个模糊的记忆,即使这个模糊的记忆,他都时时竭力从自己的脑海中驱除掉。此外,他手中拿着那些照片,看着迪特悲恸地哭泣,便想到他的成年生活是跟他幻灭的童年生活相关联的。

后来,他渐渐长大,或者说快要成人的时候,他便意识到需要设法弥补生活中那个无所作为的时代。或许是由于他的表现,或许是由于他的聪慧,也或许是由于世上还有些心肠慈悲的人,有人来问他是否愿意念书,他作了肯定的回答。

他热烈地渴望学习,因此在学校里注了册……

从此以后,他便同青少年时期遇到的种种复杂棘手的问题顽强斗争,而与此同时,对一切又持以冷峻的态度。

他是一个失败的孩子吗?

无疑是这样。成年之后，他力图以成功补偿那些挫败。此刻，听着迪特的哭泣，看着那些照片，一种心理上的斗争正在消除。

"迪特，请不要哭了。请告诉我，在你的生活中，在这些照片上，到底有什么事？我再说一遍，我没有过机会，别人也没有给我过机会照相，所以我对这些照片感到莫名其妙。此外，我在这个年龄十分贫困，不会有这样的穿着，头发也不会梳理得那么整齐。这是怎么回事，迪特？或者说，这是谁？"

由于迪特仍在哭着，并且重新两手捧着脸坐在了沙发里，达尉便全神贯注地去观察那些照片。他想，那肯定是他小时的照片。但是，令他百思不解的是他小时头发从未梳理得那么光亮，衣着从未穿得那么考究。照片上的他跟儿时实际生活中的他差距太大了。那么，这件怪事到底出自何种缘由？

他放下照片，走向迪特。

他没有把她的手从她脸上拉开，而是自己坐在了地上，把头置于她的膝上。

"亲爱的，"他喃喃地说，"请告诉我，有什么事你在瞒着我，有什么事你一直不愿对我说？"

他感到迪特的十个手指在抚摸他的脸和头发。

她的声音很低，而且在克制自己：

"达尉……我不愿意……让你觉得自己有什么责任。一想到你会把自己跟我联系在一起我就受不了。我……我……"

达尉抬起脸,他的桂皮色的眼睛注视着迪特,仿佛他一下子懂得了那么多,而又害怕懂得那么多。

"迪特……这个孩子……这个孩子……不是我,但是……"

迪特抱住达尉的脸将其贴在自己怀里的姿势是不可言喻的。

更为不可言喻的是她用十个手指梳理达尉纷乱的头发。

"达尉,达尉……他是……他是……"

"天哪……我真不愿意想你有了……"

迪特把达尉的脸推开,紧张地看了他一眼。

"达尉,你要对我说什么?"

她突然为一种急不可耐的情绪所占据,猛地站起身,抓住达尉的手扯着他要走。

"可是……"

"求求你,我们走。我带你去……我对你说……我一切都告诉你。"

达尉让她拖着走。他上了车,迪特跟着上了车。在把手伸向方向盘之前,他渴望地看了看迪特。

"迪特……我们有一个孩子,是这样吗?"

迪特说不出话。

她以为自己在说话,但实际上并没有开口,尽管如此,她还是点着头表示同意。

达尉把目光从她身上移开。

但是他的眼睛望着前方,变得湿润了。他在哭。

天哪,事情怎么会是这样?

他的心在激烈地跳动,怦!怦!怦!

"迪特……"

"你什么也不要说,达尉。开车吧,我带你到小达尉那儿去。"

"达尉?"

"对,对,对!"她一边说一边呜咽。"是的,他跟你叫同样的名字……当时我不能留你,达尉。我不能告诉你我已有了身孕。我害怕,达尉,害怕你会感到有责任同我结婚,或者要求我打胎。我不能跟你结婚,因为我知道你只不过为义务所迫。流产我是绝对不会答应的,当时如果你这样劝我,我会恨你的……懂吗……懂吗?……"

他懂。

他发动了车。

与此同时,他的一只手使劲地抓住迪特的手。

"达尉,我……"

"不要说了,迪特,不要说了。如果你告诉了我,我不会要求你堕胎的,因为我感到当时我想做爸爸,但又害怕做爸爸。我向你发誓,迪特,我之所以害怕,是由于我的童年,我童年的挣扎，童年的喊叫，以及童年拖在身上的污秽。噢，是这样，我应该是很害怕的。但是，现在……现在……"

汽车在行驶。

渐渐离开了马德里。

开上了高速公路。

迪特的情绪逐渐平静下来，声音也随之变得轻柔：

"达尉，我看出来了，今天你一站在我面前，我就察觉你还是跟从前一样，只是在你身上诞生了一点新的东西。我知道你爱我，达尉，现在我却道了……"

"我以为我对你从没变过心，迪特，我相信我一直在爱着你。做了父亲这件事把我吸引到这儿来，似乎我一切都预感到了。"

汽车在苍茫的夜色里奔驰着。

这对情侣推心置腹。

互相倾诉着心曲，不隐藏任何秘密。

对过去、现在、未来，一切都坦诚相见。

天蒙蒙亮时，他们仍在相互表露衷肠。

他驾着车，已经安静得多了。

她紧紧地偎依在他的身旁。

两个人的声音融混在一起。

"我们结婚，离开这儿出去走走。影片开拍以前，我们有一个月的时间休息。当我们去旅行的时候，让他们都知道好了。我们单独在一起过一个月,迪特。报纸会大做文章,但不管是你妈妈,不管是孩子还是我们,他们都找不到……然后,我们回来时已稳定了情绪,便可以按照预先商量好的计划把我们的事公之于众了。但是,有一件事我希望你知道,迪特。我爱你,我需要你,我幻想着把我所没有过的东西给予我们的这个儿子。"

萨洛美听到了他们的到来,无须问她便明白了一切。

小达尉躺在床上,看到了那位头发蓬乱的先生,那先生在用他桂皮色的明澈的双目凝望着他。

"他是你父亲,小达尉。"迪特轻声对他说。

随后便火速行事。

第二天四个人就一起坐着达尉的车外出度假。

没有向任何人告别,没有告诉任何人到哪儿去,没有任何人知道他们的下落。

报纸开始大哗,作出各种推断,杜撰多种奇闻轶事。

但是,真正的情况只有他们自己知道。

他们去了东方省的一个小镇,下榻于一个谁也想不到的普通饭店。儿子渐渐跟爸爸开始熟悉,萨洛美也渐渐理解了女儿为什么一直爱着那个人,而迪特看到达尉在对家庭的问题上与从前判若两人,则不胜惊愕地陶醉在幸福中。

就在那几天,一切都安排就绪,在一家教堂里举行了简单的结婚仪式。那座教堂孤零零地坐落在海滨的悬崖峭壁和沼泽地之间，看上去更像是多余的。

尔后他们便到远方去旅行。

萨洛美和小达尉留下来。孩子除了知道有了爸爸妈妈之外什么也不懂，但他感到幸福，不时地说些逗人乐的俏皮话。他感到幸福还有一个原因，那就是他有了外婆。

达尉的车子向一个机场开去，慢慢消失在远方。尔后是他戴着墨镜驱车跑完两个小时的里程。

他们到达机场时，天已傍黑。

迪特抓着达尉的胳膊，达尉看着她，面带微笑，他也感到无比幸福。

"哎，迪特，你懂吗？我并非那么卑贱和轻浮。我向你发誓，我再也不会不忠实你。"

这话是令人怀疑的。但是他确实从根本上同她和解了，这不仅由于她懂得怎样掌握达尉，而且她还会使达尉感到生活中不能没有她。

真的，他们如胶似漆、难分难离了。

结婚的那天晚上她就明白了这一点。

他们两个人到了那个地方，离开了所有的人，他们是卿卿我我、亲亲热热地待在一起的。

一切都像是新生，但迪特更成熟了，达尉更热情了。

他们重新体验一切,仔细地回味一切,对一切灌输新的感情,他们眼前的一切都是那般的美好。

"你是否在发抖,迪特?"达尉笑着问她。

的确如此。

她在发抖。

她发抖是因为觉得重新属于达尉是世界上最大的幸福。

可迪特不明白自己为什么颤抖得那么厉害。

她以为她从来没有这样过,如今之所以这样,是因为过去的一切都烟消云散了,不管是怀疑和痛苦还是怨恨和懊丧。

两双激动的嘴唇狂热地吻在一起。

他们的身体有如通上了电流。

那些爱慕渴望的话语道出了他们互相依恋的价值。

"如果有一天你欺骗我……"

他脸上荡出了笑意。

那笑是无赖的放荡的笑。

但同时那笑也是温柔的,深情的。

"我已经说服了自己,不会再胡闹了,迪特。"

"你已经安分了?"

"在情场上……"

"最近你从来没跟任何女人?"

"我身边一直有女人……认识你之后我一个一个地甩掉了,

数都数不清。分别五年多之后,说什么我也要再见到你,迪特,为的是证实我爱你爱得发疯。"

迪特在他的双臂间颤抖着,轻声对他说:

"我爱你,达尉。我……从来不想这样爱。可对你,唯有对你,却是爱得这样深。"

这是肺腑之言。

他心中清楚。

两人之间最宝贵的是他们的真诚。

他们之间没有秘密,可尽管如此,在那个如今已成为他妻子的女人的人格中却有一点不可捉摸的东西。这个女人不仅是他的妻子,而且还是他的情妇和朋友,以及他导演的电影的明星演员。

但她首先是他的妻子和他的孩子的母亲。

报界的情况怎么样?

噢,对了,报纸大放厥词,但它从未了解到事实真相。

评论、遥传、逸闻、猜测……一切的一切,为所欲为,无奇不有。

真实的情况只有达尉和迪特知道,他们过得快活极了。

他们共住一间卧室,到任何地方都将这样。在这种亲密无间的气氛里,迪特常常对达尉说:

"如果你不忠诚于我……"

这是不可能的。

迪特已经得到了一切。

达尉的全部爱情都凝聚在了她身上。他热切地希望生活在那个家庭里。后来那个家庭由四个成员组成……